LES
CHIMÈRES,

MORCEAUX DIVERS,

PAR

HIPPOLYTE BAYOL.

MARSEILLE,
IMPRIMERIE ED. BURET ET Cᵉ, RUE SAINT-FERRÉOL, 27.
1845.

1849

PRÉFACE.

Dans quel état que ce soit, n'importe dans quelle vocation l'homme soit placé, il a toujours plus ou moins d'ambition, selon le rang où la fortune l'a élevé, depuis la condition la plus obscure jusqu'à la position la plus brillante. Chacun cherche et tend à se faire remarquer, selon le talent que son état porte à signaler. L'ouvrier, par son adresse, se fera une réputation qu'elle le bornera à ses semblables, et pourtant une certaine satisfaction contententera son amour-propre. L'artiste aspirera à des prétentions justement plus élevées, et sa réputation se répandra au loin parmi les gens de savoir et de connaissance. L'écrivain les éclipsera tous, sa renommée sans borne se répandra dans tout le monde; qui ne connaît pas Tacite, Plutarque, Homère, Virgile, Voltaire, Corneille, Racine, etc., et tant d'autres noms illustres qu'il serait trop long de retracer. J'aurais dû parler des fameux législateurs, des grands capitaines, mais ce serait à n'en plus finir; ce serait à s'entretenir à la fois de trop de sujets pour aboutir à quoi? à vous dire, cher lecteur, que moi enseveli dans l'ombre et dans l'oubli pour longtemps, si ce n'est pour toujours, je me suis occupé à écrire, d'abord, quelques lambeaux détachés, pour m'arracher d'une ennuyeuse et fatigante oisiveté, c'est-à-dire dans des jours de moments désœuvrés. Ces tissus de morceaux retracés à la hâte, et quelquefois dans la distraction, ne sauraient avoir beaucoup d'agréments; c'est pourquoi je ne saurais avoir avec quelques fondements, l'espoir de la plus médiocre, non pas de renommée, mais seulement de simple réputation. Ainsi quelque soit le succès de quelques pages écrites rapidement, je m'en consolerai facilement, attendu que bien loin de vouloir atteindre le sommet du Parnasse, j'ai redouté d'en approcher la base.

H. BAYOL fils.

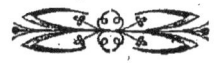

PROLOGUE.

Lecteur avant de commencer , je dois dire d'avance,
Que dans mes discours je prends toute licence ,
Des sévères maximes je franchis le joug et les entraves ,
Du fardeau des principes je ne suis point esclave;
S'il fallait l'ordre , l'harmonie et tous les ornements ,
Je n'aurais pas entamé de pénibles accents.
Que m'importe le nombre ainsi que la mesure ,
Que je chante ou bien que je murmure ;
D'écrire c'est mon goût ou plutôt ma fureur ;
Si j'affronte ainsi les rigides censeurs ,
C'est que ma plume rebelle , par des élans soudains ,
Malgré moi s'échappe et roule avec ma main ,
Sans que ma tête en forgeant la pensée
Puisse mettre un frein à sa marche insensée ,
Voilà pourquoi mes idées errant à tout hasard
Sur cent sujets divers vont porter mes regards.
Ce serait peu encore, si toutefois d'abord ,
De la sévère orthographe je suivais les accords ;
Mais non , toujours, toujours même licence ,
Par saut ou par bond je m'élance ,
Et perdant tout-à-coup l'équilibre et l'aplomb
Je tombe alors dans un vague abandon ;
Ou bien changeant de ton avec d'humeur ,
De la tristesse je passe à la fureur ,
De la crainte je vole aussi à l'espérance ,
Je me livre à la haine et rêve à la vengeance ;
Du profane au sacré, de l'austère au mondain ,
Je maudis ou bien je flatte un assassin ;
De la haine je glisse un instant vers l'amour ,
Sans projet et sans choix je mêle mes discours ,
De la sainte liberté je chante les concerts ,
Je maudis les tyrans et les fers ;
Je plains partout le pauvre et l'indigent ,
Et je crie anathème au méchant.

Avec les cœurs je voudrais flétrir toutes les âmes impies,
Et marquer du sceau de l'infamie
   Toute prostitution.

INVOCATION A LA LIBERTÉ.

Je ne chanterai pas la pompe des victoires,
Ni l'éclat des grandeurs qu'on appelle la gloire,
Ou célébrer des conquérants les horribles transports,
Promenant avec eux la terreur et la mort ;
Ou bien des grands législateurs fondant des sages lois,
Des plus grands capitaines égaler les exploits,
Des écrivains fameux dont les pages immortelles
Dans la postérité seront toujours plus belles.
Chanterai-je des cours où des esclaves sans nombre,
A la voix de leur maître disparaissent dans l'ombre ?
Faudra-t-il vanter le faste et les richesses,
Si pour les obtenir on se livre aux bassesses ?
Ou de l'adulation empruntant le servile langage,
Aux puissances, aux grandeurs, offrir de vains hommages ?
Irai-je me prosterner aux pieds d'une fragile beauté,
Prodiguer ma voix dans l'ombre et dans l'obscurité ;
Ou bien profanant l'honneur et le devoir,
Jeter mon encens au superbe pouvoir,
Et m'asservir avec la multitude de ces bouches vénales.
Un jour propice, le lendemain fatale ;
Non jamais ma foi sera ainsi flétrie,
Toujours j'invoquerai la liberté chérie ;
Elle seule dont les mâles accents
Font pâlir les esclaves et trembler les tyrans ;
Tant qu'un reste de feu laissera d'ardeur,
A toi sans partage je vouerai mon cœur.
Qu'importe les trésors et toutes les chimères,
Si un peu de pain suffit pour vivre sur la terre ?
A quoi servent le faste et toutes ces richesses,
Si pour y parvenir il faut ramper sans-cesse ?

Depuis les plus humbles aux plus fiers courtisans,
Tous sont humiliés aux genoux d'un tyran.
A la liberté amant toujours fidèle,
A l'aspect de l'oppression je déploie mes ailes,
Et planant dans les airs dans toute ma fierté,
Je chante sans contrainte la grande liberté,
Dont les purs rayons, dont les célestes flammes,
Engendrent des vertus la gloire impérissable.
Si mon faible crayon pouvait retracer tour à tour
Tous les héros si fiers si magnanimes,
Exaltant le feu de leurs amours
Jusqu'aux vertus sublimes.
L'amour de la liberté surpassant les oracles,
Enfantait la gloire des miracles.
Voyez le Romain s'engloutir dans les flots,
Pour Rome s'immoler, descendre au tombeau ;
Un autre livre sa main à des brasiers ardents,
Et jure en présence des ennemis tremblants,
Que tous les citoyens pour sauver la patrie,
Sont prêts à sacrifier son sang avec sa vie.
Retracerons-nous le sort des trois cents immortels
Aux pieds des Thermopyles faire le vœu solennel,
De tous mourir plutôt que de se rendre?
Après des efforts inouis un seul a pu prétendre
A se sauver du carnage, du terrible combat,
Tous héroïquement ont subi le trépas.
Mais lui aussi retournera encore à la mort,
Quand il aura fait connaître et prévenu le sort
Que des milliers de barbares réservent à sa patrie.
Faut-il rappeler la sanglante anarchie,
Déchirant l'empire et nos cités.
Ce sera encore l'amour de cette liberté,
Qui arrachera le vaisseau de l'affreuse tourmente ;
Les factions, la discorde sans-cesse menaçante,
Se rueront vers le colosse en impuissants efforts,
Et lui soudain se dressant ouvrira ses sabords,
Enverra la foudre, la mitraille et les bombes,

Ses ennemis seront engloutis dans la tombe ;
Et d'autres pâliront dans le sein des ténèbres.
La liberté s'armant de son glaive funèbre,
Exercera d'horribles, de justes chatiments,
Suspendez vos douleurs aux cris de ces accents,
La France vous appelle pour sauver sa fierté.
Avez-vous entendu retentir l'hymne de la liberté ?
Jeunes enfants, sauveurs de la patrie,
Ecoutez de ces sons l'inneffable magie ;
De ces accords, les échos entraîneront la gloire,
Au bruit de ces concerts remportant la victoire,
Vous foulerez à vos pieds les esclaves des rois,
L'Europe consternée admirant vos exploits,
Tombera à vos pieds ainsi que les nations,
Les cités soumises s'ouvriront à vos jeunes légions,
Vos étendarts flotteront sur les sommets du monde,
Votre renommée répandue sur la terre et sur l'onde.
Faire connaître au bout de l'univers,
Que la grande nation veut briser tous les fers,
Rompre tous les jougs et toutes les entraves,
Que parmi les hommes, il n'y ait plus d'esclaves ;
Enfin porter partout le niveau, la même égalité,
Et chanter tous en refrain la grande Liberté.

———————

Ainsi toujours poussés vers de nouveaux abîmes,
Ne pourrons nous jamais goûter le repos un seul jour ?
O Dieu, est-ce pour expier la faute de nos crimes,
Que tu nous tourmentes toujours ?

De l'amour à la haine,
De l'ambition à la douleur.
Ainsi toujours tu nous entraînes
De malheurs en malheurs.

Des potentats quelquefois tu renverses les trônes,
D'un soldat tu fais un souverain,

Et au bruit de ta foudre qui tonne,
Tu fais trembler les humains.

Que les mortels te maudissent ou t'adorent,
Rien ne les détourne de leur chemin;
Que l'on blasphème ou qu'on t'implore,
Je crois que rien ne change le destin.

Combien de malheureux dans un humble silence,
D'une triste vie supportent le fardeau,
Et n'attendent pour toute récompense,
    Que la nuit des tombeaux.
Mais pourtant à des âmes vulgaires,
    Laissons le triste espoir.
Eh! quoi, le sage ainsi que le mercenaire,
Ne pourraient jouir du bonheur de te voir!
Et cet esprit qui médite et qui pense,
Ce cœur brûlant de délire et d'amour,
Jusqu'à l'âme cette divine essence,
Tout parait donc anéanti pour toujours.
Si cette fin terrible et funeste,
Pesait également sur tous les malheureux mortels;
Pourquoi donc à la puissance céleste
    Dresserions-nous des autels ?
Mais non, non fuyez ô pensée cruelle,
Je veux, je veux croire toujours,
    Que notre âme immortelle,
S'envolera à l'immortel séjour.

A ÉLÉONORE.

O chère amie, on m'a dit que l'éternel sommeil,
Pour toujours a fermé tes paupières,
Tes parents et tes amis en deuil,
Adressent au ciel pour toi de ferventes prières.

2

Hélas ! au printemps de ton âge,
Belle comme le jour il a fallu mourir ,
Ta beauté , tes attraits du funeste passage ,
   N'ont pu te garantir.

Tu ne m'entends plus , ô belle Eléonore !
De mes accents en vain j'implore le retour ,
Du matin au soir , du soir jusqu'à l'aurore
Mes soupirs te rappellent toujours.

Au sombre séjour que ne puis-je descendre ,
Pour jouir un instant de tes tendres regards !
O chère amie si tu pouvais m'entendre !
Ah ! combien je languis pour l'éternel départ.

Isolé, seul, en proie à des peines cruelles ,
Que ne puis-je , hélas ! reposer près de toi ,
Ah ! si je te possédais pour compagne éternelle ,
De l'immuable destin je bénirais les lois.

Tes sons harmonieux ne se font plus entendre ,
Mes oreilles insensibles à tant d'accens divers ,
Ici-bas ne peuvent plus comprendre ,
Et regrettent toujours de ta bouche les magiques concerts.

Oh ! qu'il était doux pour moi d'entendre ta parole
Répondre à mes vœux ainsi qu'à mes amours ,
Et moi à tes genoux contemplant mon idole ,
Je jurai à tes pieds de t'adorer toujours.

Ces moments sont passés , ô adorable amie !
Mais ces souvenirs ne s'effaceront pas ·
Le temps qui détruit tout , de ton image chérie
Ne pourra de ma mémoire effacer tes appas.

Des regrets éternels vont dévorer mon âme ,
De n'avoir pu prononcer un nom si sacré et si doux ;
Eh ! quoi , malgré mon ardeur et ma brûlante flamme ,
Je fus ton ami , ton amant, sans être ton époux.

Adieu, peut être sur un autre rivage,
Je pourrai jouir encor du bonheur de te voir;
Que ne puis-je m'arracher de ce triste esclavage
Pour adoucir mes peines et combler mon espoir !

Cet espoir me ranime et m'entraîne ;
Mais le temps, ce fardeau, je le secoue en vain,
Je voudrais m'affranchir de ses pesantes chaînes
Pour presser sur mon cœur tes précieuses mains.

Eh ! quoi, la vertu bientôt de la terre bannie,
N'aura plus d'asile dans ce triste séjour ;
Le courage opprimé, la liberté ravie,
Et des tyrans qui gouvernent toujours.

L'honneur, la franchise, réduis à l'indigence,
La vile corruption, brillant de tout côté,
Le courage trahi, et d'indignes récompenses,
Sont décernées à la perversité.

O douleur ! ô misère du monde !
O soleil, et tu brilles pour ce siècle pervers;
O liberté en valeur si féconde,
Tes défenseurs gémissent dans les fers.

D'autres aussi mourant pour la patrie,
Ont expiré sous les fers des tyrans,
Mais leurs mémoires pour toujours sont chéries,
Ainsi que l'immortalité, la gloire les attend.

Morçeau Dramatique au sujet des proscriptions de Marius. (*C'est un Tribun qui parle.*)

Ce langage est un prétexte pour voiler les fureurs,
Avez-vous pénétré le discours coloré d'une fausse douceur,

Ne respirant que haine et funeste vengeance,
Bientôt Rome gémira de son trop de puissance,
Et tout ce qui lui porte ombrage sera détruit ;
De la dictature voilà les tristes fruits.
Telle est l'arrogance d'un soldat parvenu,
Et bientôt de Marius le seul pouvoir reconnu,
Sera plus grand que celui de Rome elle même,
Tout fléchira sous son autorité suprême :
Plus de lois, plus de frein dans sa vaste puissance,
La liberté ne sera plus, et d'indignes récompenses
Seront décernées aux coupables et vils délateurs ;
On bannira du Sénat la probité, l'honneur ;
Il ne nous restera plus qu'un indigne esclavage,
Pour essuyer les affronts, la honte et les outrages,
Et Rome subirait ce sort cruel, empoisonné !
Eh ! quoi, à ramper ainsi nous serions condamnés,
Et les Romains souffriraient cette lâche infamie !
Eh ! quoi la vertu serait opprimée et la liberté ravie,
Et pas un mortel ne lèverait son bras vengeur,
Pour punir le tyran, pour frapper l'oppresseur !
Eh ! quoi, mon pays serait si bas descendu,
Pour que le cri de liberté ne fut plus entendu,
Tous les citoyens seraient donc muets, et nulle voix
Ne se ferait plus entendre pour défendre les lois !
Allons, allons ranimer le courage, et chercher des amis,
Pour combattre avec nous contre nos ennemis.

Un autre Tribun.

Cher ami, tu t'emportes, et l'excès de ton zèle
Rend de mon discours le récit infidèle ;
Si mes projets ne sont pas de l'avis des tiens,
Serais-je donc pour cela un mauvais citoyen,
Et penses-tu que pour être plus avare de sang,
Je sois moins dévoué que toi à braver le tyran ?

Non, ton aveugle fureur ne me comprend pas,
Que m'importe, te dis-je, la vie ou le trépas ?
Si pour la liberté il ne fallait que mon sang,
Je te dirai le voilà ; heureux si en mourant,
Je voyais mes amis libres et Rome souveraine ;
Je mourrai content ayant brisé ses chaînes,
Au moins en descendant vers le sombre rivage,
Je dirai, j'ai arraché Rome de l'esclavage.
Mais, c'est en vain que je sacrifierai ma vie avec mes jours,
Si tous les tyrans à la fois ne succombent à leur tour.
Crois moi Marius n'est pas le seul tyran redoutable,
Le lourd fardeau, les maux qui nous accablent,
Sont suscités aussi par les lâches, par les vils serviteurs,
Les esclaves tremblants briguent ainsi leurs faveurs,
Prompts à le servir, aussi prompts à lui plaire,
Gagnant par la trahison leurs infâmes salaires :
En frappant le sommet, il faut frapper la base,
Ainsi de notre fierté, faisons un bon usage.
N'allons pas par témérité ou par un fol orgueil,
Sans fruit et sans espoir nous plonger au cercueil ;
Si je diffère les jours ainsi que les instants,
Ce n'est pas que je sois avare de tant d'ignoble sang.
Je détruirais avec joie cette race impie,
Qui fait le vil métier de vendre la patrie ;
Mais je ménagerai toujours celui de ces braves Romains,
Qui marchera avec nous les armes à la main.
Voilà mon but, voilà mes secrets sentiments.
Si pour quelques jours de plus vous êtes impatient,
Parlez, je suis prêt, je marche sur vos pas ;
Mais n'imputez qu'à vous seul l'inutile trépas
De tant de braves amis dont le dévouement,
Ne fera que hâter notre chûte pour braver le tyran.

A VOLTAIRE.

Tu laissas au monde un grand héritage,
En lui léguant ton nom, tes œuvres et ton génie,
Partout en tes écrits on y voit le courage,
La puissance, la sagesse infinie.

Tu combattis l'erreur sans redouter le nombre,
En refoulant toujours tes méchants adversaires ;
Ils furent tous dans la nuit emportés comme l'ombre,
Aux cris de tes accents, de ta juste colère.

Ta voix qui retentit du couchant à l'aurore,
Fut une leçon pour les peuples et pour les rois,
Et quand sur le théâtre elle tonnait encore,
    Tu effrayais le tyran et ses lois.

Des ennemis sans nombre animés d'une impuissante envie,
Voulurent en vain poursuivre tes œuvres et ta mémoire,
Tu fis rejaillir sur eux leur noire calomnie,
Et tu ressortis resplendissant de gloire.

Tu sus ressusciter des antiques courages,
Quand Brutus vint avec sa noble voix,
    Nous retracer le mâle langage
        Des Romains d'autrefois.

Et quand Zaïre, tendre et pieuse tour à tour,
Venait de Lusignan écouter d'héroïques prières,
Luttant avec la foi, luttant avec l'amour,
Et succombant sans flétrir sa mémoire.

Et puis aux indigents, partout aux malheureux,
    Tu tendis ta généreuse main,
Tu soulageas la misère et fis des heureux,
    En dépit des jaloux inhumains.

Ainsi, la postérité publiera tes œuvres et ta mémoire ;
Ton nom saura braver l'envie et franchira le temps,
Et tu laisseras pour immortelle gloire,
De tes fameux écrits l'insigne monument.

A VICTOR HUGO.

Tu as blasphémé le grand nom de Voltaire,
Toi apôtre de toutes les puissances et de tous les pouvoirs !
Qui t'a donc inspiré cette vaine colère?
Poète, tu as failli aux plus nobles devoirs.

Sais-tu qu'en ses écrits fidèle,
Voltaire faisait toujours briller l'auguste vérité;
De l'opprimé souvent il ranima le zèle,
Et chanta bien haut la grande Liberté.

Aux indigents il tendit une main secourable ,
Son cœur pour l'infortune fut constamment ouvert,
Il consola l'affligé presque inconsolable,
Gémissant quelquefois par d'injustes revers.

A sa voix, des descendants du grand nom de Corneille,
Sont tout-à-coup arrachés d'un oubli inhumain,
Lui, son rival, dans ces sublimes merveilles,
A ses neveux tend de généreuses mains.

Ah ! si le grand Corneille avait pu des sombres bords,
Franchir dans ces moments le rivage fatal,
Il se fut envolé en bénissant le sort,
Pour embrasser un si noble rival.
Mais toi qui tour à tour encenses les grands de ce monde ,
Toi qui tournes la voile à tous les vents ,
Sais-tu que ton génie, où ton orgueil se fonde,
Est un honneur qui s'envole au néant.
Toi citoyen chaque jour infidèle,
Humble et soumis à toutes les couleurs.
Comme un rapide oiseau tu déploies tes ailes,
Et tu te penches toujours où brillent les faveurs.
Oui ta bannière est sans-cesse inconstante ,
Et ta parole varie souvent dans le noble chemin,
Et si la voix du peuple est un peu trop bruyante,
Tu prédis aussitôt de sinistres destins.

Tes accens pour flatter sont remplis d'harmonie,
Mais crois moi, il faut de plus nobles accents,
Pour mériter de l'immortelle patrie,
Des honneurs et des gages éclatants.

À NAPOLÉON,

Tu sortis de la foule au milieu des orages,
En signalant l'audace et la fierté,
Sur ton char avec ton glaive et ton courage,
Tu faisais retentir le mot de liberté.

Les soldats enivrés de ta gloire,
Suivaient partout tes pas de toutes parts;
Et en tout lieu la victoire
Suivait vos étendarts.

Tu maîtrisas les discordes et la haine,
Et gouvernant les peuples et les rois,
Et ta puissance souveraine,
A l'univers osa dicter des lois.

Sur ton coursier en bravant le feu et la tempête,
Tu décidais du destin des états,
Et lorsque la foudre grondait et planait sur ta tête,
Tu faisais encor trembler les potentats.

Un jour de cruelle mémoire, enfant de la liberté,
Tu aspiras à l'amitié des tyrans, des pervers,
Et plus tard dans ton adversité
On te chargea de fers.

Tu voulais à l'empire
Donner en vain un fragile héritier,
Et ce moment, cet aveugle délire,
Perdit peut-être le fruit de tes lauriers.

Mais pourtant on ne saurait te ravir le génie,
Malgré tes torts et tes revers ;
Et la postérité dans sa voix infinie,
Publiera partout ta gloire avec tes fers.

Tu supportas l'exil et l'infortune,
   En sublime mortel,
Et jamais tu ne proféras d'une bouche importune,
   Du destin les arrêts trop cruels.

Que le tendre Legouvé sur sa lyre sonore,
Chante les vertus douteuses d'un sexe qu'il adore,
Moi de ma rustique voix, je veux tracer enfin,
Ses vices et ses défauts encore plus certains.
N'avez-vous jamais entendu retentir dans les airs,
Les sourds rugissements des monstres des déserts,
Eh ! bien, les féroces habitants que la faim ou la fureur anime,
Avertissent par ces cris leurs tremblantes victimes,
Et ne méditent pas dans l'ombre de noires trahisons,
Pour faire glisser dans votre sang un funeste poison ;
Telle est la femme bien plus redoutable à mes yeux,
Que tous les brigands et leurs crimes odieux.
Souvent la femme à l'aspect, au maitien séducteur,
Se fera une atroce jeu de vos tristes douleurs ;
Son âme toujours avide et son esprit si vain,
Flotteront entre les appas du vice ou du gain ;
C'est un but inné dans les âmes sordides,
Sans-cesse la passion ou l'intérêt les guide.
Combien auront-elles dépouillé de mortels dans l'erreur,
Se laissant attrapper par leurs attraits trompeurs !
Et une fois ruiné, réduit à l'insigne misère,
Ne pouvant plus payer un infâme salaire,
Ils auront dû s'éloigner crainte d'avoir l'affront,
Qui aurait fait monter la rougeur sur leurs fronts,
En voyant des rivaux dans leur coupable audace,
Venir briguer et ravir facilement leur place,

3

Et eux, naguère crédules adorateurs :
Aujourd'hui emportant la honte et la douleur,
N'avaient jamais cru qu'une fois dépouillés des trésors,
Ils auraient perdu tout pouvoir sur ces ignobles corps.
Eh! quoi, ne savait-il pas quand personne l'ignore,
Que les créatures que le vice et l'intérêt dévore,
Se prostitueront toujours aux jeunes, aux plus offrans.
Fuyex mortels importuns si vous n'avez plus d'argent,
Ce temps n'est plus où versant de l'or à pleines mains,
Vous reposiez sans crainte sur l'impudique sein
De la Messaline qui troubla votre esprit et vos sens.
N'auriez-vous pas prodigué le bien de vos enfants,
Avec l'infâme objet dont les fortes rançons,
Nous servent peut-être vainement de leçons.
Sachez que les ouvrières à la publique ardeur,
Se font payer quelquefois chèrement leurs faveurs.
Ne connaissez-vous pas leurs ruses et leurs détours.
Elles ont toujours des favoris, de l'or et de l'amour.
Hélas! inutiles regrets, inutile tristesse,
D'avoir prodigué son bien à d'indignes maîtresses ;
Et surtout lorsque aveuglé d'une ardeur trop coupable,
On laisse peut-être des enfants que la misère accable.

O Maître souverain qui gouvernes le monde,
Qui de tous les mortels fixes à ton gré le sort,
Pourquoi l'un gémit dans des douleurs profondes,
Et l'autre jouit des vices sans remords?

Pourquoi le tyran tranquille sur le trône,
Gouverne en paix les malheureux mortels,
  Et porte une indigne couronne,
  Jusqu'aux pieds des autels ?

Et la foudre gronde en vain sur la terre,
Pour les pervers et les méchants,
Et quelquefois dans une injuste colère,
Frappe l'humble et l'innocent!

Le peuple gémit, soupire en vain dans sa misère,
Vous êtes sourd, insensible à sa voix,
Au lieu de le soulager par des faveurs légères,
Vous le menacez encore par d'implacables lois.

Vous étalez à ses yeux le faste et l'insolence,
Et lui malheureux, souffrant, réduit à l'indigence.
Fait entendre à vos oreilles de pénibles accents :
Avez-vous oublié que c'est lui qui vous fit si puissants ?

Sont-ils si loin ces jours où la victoire,
Couronna sur le pavé ce peuple souverain ;
De ces moments avez-vous sitôt perdu la mémoire,
Vous qui avez fléchi les genoux pour lui tendre les mains ?

D'autres jours peuvent renaître encore,
Où lui ne perdant pas ainsi le souvenir,
Se rappellera les jours fameux qu'il fit éclore,
  Et des traîtres pour les punir.

Si j'étais roi je donnerais ma puissance,
Pour t'arracher tes charmes, tes attraits,
Je donnerais tout l'or et la vaste opulence,
  Qui remplissent mes palais.

Si j'étais Dieu, je donnerais les mondes,
Pour t'arracher la vie ainsi que la beauté,
La fortune de la terre et des ondes,
Je donnerais jusqu'à l'éternité.

Pour réduire au néant ta fortune et ta vie,
Mortel je descendrais aux enfers,
Si j'étais Dieu je donnerais ma puissance infinie,
  Et tous ces immenses univers.

ADRESSÉ A M. S***

AU SUJET DE LA MORT DE SON ENFANT.

Des soupirs et des pleurs
Ont frappé mes oreilles,
Aux cris de ces douleurs,
Je doute si je veille.

Que regrettes-tu sur ce triste rivage,
  Mortel infortuné,
A te plaindre d'une épouse volage,
  Serais-tu condamné ?

C'est un enfant qui cause ta tristesse,
Emporté quand il a vu le jour :
C'est une fleur dans sa jeunesse,
  Ravie à tes amours.

Cet enfant que tu pleures,
Sans doute aux célestes demeures,
  Se réjouit déjà,
Cesse enfin tes alarmes :
Tu regrettes ses charmes,
  Le ciel les envia.

Comme tu dis si bien : il effleure la fange,
Crainte de se souiller à son contact impur?
Il s'est envolé vers les régions des anges,
Pour jouir de leur bonheur si pur.

Ah ! dis moi, n'as-tu pas un espoir de douceur,
Pour ranimer la flâmme éteinte dans ton cœur ;
Eh ! quoi. tu gémis et d'inutiles sanglots,
Rappellent un enfant chéri descendu au tombeau.

Cesse enfin ; de tes pleurs les larmes généreuses,
Couleraient vainement au bord de son cercueil ;
  Pour son âme bienheureuse,
Quitte pour jamais ce trop lugubre deuil.

Ton enfant du berceau à la tombe,
  Soudain s'est précipité,
Mais c'est le cadavre seul qui succombe,
Son âme s'est envolée vers l'immortalité.

De ton sort maudissant l'ingrate destinée,
En sons harmonieux tu exprimes tes maux,
Mais cependant pour subir ta vie infortunée,
Une épouse chérie allège ton fardeau.

Combien de malheureux ensevelis dans l'ombre,
Supportent sans pitié de cruelles douleurs,
Plongés dans des cachots ou des cavernes sombres,
Et nul ne vient consoler les malheurs.

Tous n'ont pas la voix empreinte d'harmonie,
Pour déplorer leurs sinistres revers ;
Tous n'ont pas d'une bouche chérie]
Les doux accents, les suaves concerts.

Il te reste une épouse et tu gémis encore,
Mais, sais-tu que des mortels plus malheureux que toi,
Du matin au soir, du soir jusqu'à l'aurore,
N'ont pour se consoler que l'écho de leurs voix?

Mais j'ai vu cependant qu'une douce espérance,
Un moment a enhardi ton cœur,
Et que la foi rallumant ta confiance,
Lui a fait entrevoir un rayon de bonheur.

Mais sans l'adversité que ton âme déplore,
Aurais-tu enfanté de si rares concerts ?
Et souvent le ciel que le mortel implore,
Ne lui accorde ces dons qu'au prix de ces revers.

Combien sont ballottés à travers les orages,
Et simples et obscurs voyageurs,
Ne peuvent faire retentir ce langage,
  Si rempli de douceur.

Combien traînent lentement une existence amère,
Et sont seuls au foyer chaque jour,
Et pour consoler leurs chagrins sur la terre,
N'ont pas comme toi un ange à leurs amours !

D'autres étouffent en silence
   Des affronts, des chagrins,
Et n'ont pas la plus faible espérance
   De changer l'infaillible destin.

Les uns rongés par l'envie et la haine,
Trouvent les instants trop rapides et trop courts,
  - Dévorés d'ambition et de peine
Ne peuvent assouvir cette soif qui les brûle toujours.

Les autres animés d'une juste vengeance,
Sont impatients de venger leurs affronts,
Gémissent en secret et ne supportent le poids de l'existence,
Que sur l'espoir de laver cette tache qui leur souille le front.

Ainsi chacun dans sa coupe funeste,
Trouve sa part du breuvage amer,
Et pourtant toujours il nous reste,
Quelque espoir dans nos plus durs revers.

Quand les excès de maux ont comblé la mesure,
On doit se roidir sous les coups du destin,
Nos plaintes ainsi que nos murmures,
Ne sauraient changer les arrêts souverains.

Des malheureux sans nombre dans ce vaste univers,
Sont accablés de soucis ou d'injustes revers.
Hélas ! que d'infirmités, de misères dans ce monde !
Quelle âme ne serait pas pénétrée d'une douleur profonde,
En songeant surtout au mortel heureux et fortuné,
Au bonheur de la vie pour toujours destiné !
Tandis que d'autres livrés aux cruelles souffrances,
Pour se consoler n'ont pas un reste d'espérance;

Combien d'infortunés sur la terre et sur l'onde,
Rampent pour satisfaire les élus de ce monde !
L'un laboure la terre par mille et mille sillons,
La féconde pour nourrir des tyrans les nombreux bataillons ;
L'autre rougit le fer ou façonne le bronze,
Pour servir à l'esclavage où l'oppresseur le plonge.
Mille autres fouillent la terre et descendent aux abîmes,
Pour enrichir des maîtres qui souvent les oppriment,
Et pour finir quelquefois leurs misères et leurs maux ,
Ce gouffre les ensevelit vivants et leur sert de tombeau.
Et toi aussi aveuglé dans ta fureur jalouse,
Immolant dans ta colère une coupable épouse,
Sais-tu que ton cœur où la franchise abonde ,
Sera méconnu de ce juge dans sa haine profonde?
Conçois-tu que son âme à ta douleur muette,
Va se faire un plaisir de demander ta tête;
Lui indifférend et froid calculateur,
Voudra t'immoler à son instinct de fureur.
Le métier de cet homme ainsi que ses maximes,
Est de faire partout de nombreuses victimes ;
Ces labeurs, ces veilles ainsi que ses travaux,
C'est d'activer le glaive ainsi que le bourreau.
Enfin on voit partout la force et l'injustice,
  Gouverner les vulgaires humains ,
Toujours l'avidité, la ruse et l'artifice,
Servent à voiler de coupables desseins;
Partout le pouvoir usant de l'arbitraire ,
  Envers les faibles mortels ,
Et la vertu succombant sous l'injuste colère,
  De ces maîtres cruels.
L'audace qui gouverne le nombre,
Avec orgueil ose dicter des lois,
Avec la force qui ne serait qu'une ombre,
Si les hommes connaissaient leur valeur et leurs droits.
Et puis un opulent injuste et coupable,
Aura souillé la jeunesse par l'appât des trésors,
Et son intrigue, son crime abominable,

Ne lui laissera ni crainte ni remords.
Un autre puissant avec pompe étalera ses richesses,
Pour captiver et séduire aussi la crédule beauté,
Et pour piège lui montrera la coupe enchanteresse
De la fortune, qui la conduira à la perversité.
Mais quand il aura vaincu cette proie si facile,
Et assouvir la soif de sa coupable ardeur,
Il abandonnera cet objet trop fragile,
Pour chercher d'autres aliments à son volage cœur.
Et toi beauté triste, ignoble, inconsolable,
Sur ta coupable erreur tu gémiras en vain,
Ses serments, tes regrets, tes soupirs lamentables
Seront tous méprisés par cet homme inhumain.

Dieu en créant l'univers, dans son sublime ouvrage,
Enfanta la liberté, et l'homme l'esclavage.
Ainsi le ciel et la lumière éclaire l'univers,
Et l'homme pour ses semblables forgea d'indignes fers.
La terre produit les richesses ainsi que l'abondance,
L'un se repait du surplus, l'autre vit dans l'indigence;
Telle est du destin la fortune aveugle et volage.
L'innocent opprimé souffre dans l'esclavage,
Le coupable heureux et fortuné,
A jouir de la vie souvent est destiné.
Ainsi la vertu ne sert qu'à des chimères,
Puisqu'elle vous fait traîner et languir sur la terre,
Puisqu'en marchant au sentier de l'honneur.
Souvent de la misère on essuie l'horreur;
Qu'importe! suffit qu'on jouisse en ce monde,
Que sur la vertu ou le vice on se fonde.
Qu'importe le sombre avenir et cette destinée!
Ne faut-il pas tous succomber sous le poids des années?
Ne faut-il pas tous marcher vers cette sombre route?
Qu'on y marche sans crainte ou bien qu'on la redoute?
Nul ne peut l'éviter, et la cruelle Parque,

Coupe le fil du berger et celui du monarque.
Ainsi puisque la vie n'est donc qu'un court voyage,
Cherchons à l'adoucir dans son rapide cours,
   Et n'allons pas attrister ce passage
     Qu'on passe sans retour.

Quand un simple mortel de sa vue bornée,
Veut sonder les profondeurs des vagues destinées,
Il recule épouvanté de terreur et d'effroi.
Les cendres des mortels restent sourdes à sa voix,
Nul trépassé ne répond du fond de ce Ténare,
Et le Dieu des enfers insensible et barbare,
Du nautonier impassible enchaîne l'aviron.
Qui retournera encore une fois des bords de l'Achéron,
Lorsque l'implacable Minos ainsi que sa balance,
Vous auront fait perdre enfin tout rayon d'espérance;
Lorsque ses arrêts immuables auront fixé le destin:
Le juge inflexible et toujours inhumain
Ne changerait plus ses décrets, même si l'injustice,
Etait la seule cause de vos affreux supplices.
Eh! bien oserez-vous encor prodiguer d'inutiles accents,
Puisque sourd à la voix du juste et des méchants,
Les dieux infernaux ne lâchent plus leurs proies?
Quand les flots de l'Érèbe sont passés une fois,
Vous seriez Orphée avec ses chants divins,
Que vous ne pourriez révoquer le sort et le destin.
Quand vous seriez le sublime, l'immortel Apollon,
On ne repasserait plus pour vous les bords du Phlégéton;
C'est assez le répéter, c'est assez le redire,
Vous chanteriez sur les accords de l'ineffable lyre,
Les ombres ne s'arracheraient pas des bords de leurs rivages
Ainsi la superstition seule engendre les présages,
Quand sur des ailes de feu, vers le sombre avenir,
Vous précipiteriez votre rapide vol, votre rapide course,
Mortel téméraire que pourriez-vous obtenir,
Puisque de l'éternité on ignore les sources!

Que j'aimais à parcourir la campagne et les champs ,
Lorsque assis sur un côteau je rêve tout doucement ,
Dans mes jeunes années , dont le rapide cours ,
Est passé comme un instant du jour.

> Quand au pied d'un vieux chêne ,
> Exempt de soucis et de peine ,
> J'étais assis sous son ombrage,
> Et que son vert feuillage ,
Me garantissait des rayons du soleil :
Dans le calme alors goûtant un doux sommeil ,
Mes songes étaient bien riants et joyeux ,
Et ne me présentaient que les plaisirs et les jeux.
Adieu doux printemps de cet âge !
Vous vous êtes envolé sans jamais plus revenir ,
Je vous vois comme un lointain rivage,
> Comme un vieux souvenir.

Quand tu fuirais ses lieux et sa présence ,
Jamais rien ne pourrait l'effacer de ton cœur ,
Plus on l'évite , plus on y pense .
Tel est de l'amour le funeste malheur.

Le jour , la nuit , en tout lieu , à tout heure ,
O fatalité , ô trop pénible leurre !
Pourquoi ainsi t'entraîner chaque jour ,
Et sans espoir dans ton cruel amour !

L'espoir quelquefois vient glisser dans ton âme ,
Pour suspendre quelques instants tes ennuis ,
Mais toujours tu retombes ; et ta flamme
> Reste sans espoir , sans appui.

Tu implores vainement cette beauté cruelle :
Rien ne saurait attendrir sa rigueur ,
A ta présence , elle s'enfuit , l'infidèle ,
Tel que le farouche oiseau à l'aspect du chasseur.

A BARTHELEMY,

AUTEUR DE LA NÉMÉSIS.

Où puises-tu tes vers, poète intarissable,
Toi dont les accens et la voix redoutable,
Flagelle le pervers et flétrit le félon,
Et d'où vient qu'à ta voix, nulle voix ne répond ?
C'est que le droit règne et brille dans tes paroles,
Et quand on aurait tout l'or qui roule au Pactole,
On ne pourrait s'affranchir de ton juste courroux ;
Mais pourtant avec la raison tu mesures tes coups,
Tu discernes ainsi le juste du coupable;
Et l'hypocrite et le traître, à ta voix formidable,
Sont saisis d'effroi et tremblent de frayeur.
Tu vas dévoiler les replis de ces perfides cœurs,
Rien n'échappe enfin à ta juste satire,
Le mal toujours faira vibrer les cordes de ta lyre ;
Quand tu maudis surtout le vice et l'imposture.
Aux coins des carrefours, en tout lieu, tu trouves ta pâture,
Que tu rencontres les haillons ou l'habit chamarré,
Avec toi partout le vice est abhorré,
Qu'on brille sous la toge, ou même sous le casque;
Sous quel aspect que ce soit, qu'on présente le masque,
Tu sais découvrir le perfide larcin,
Tu fustiges le fourbe ainsi que l'assassin,
Au bruit de ton fouet qui claque dans l'étendue,
Le coupable se cache et redoute ta vue.
Si un magistrat prononçant une inique sentence,
Enleve à l'infortuné un reste d'espérance,
Tu parais aussitôt, et découvrant son œuvre,
Tu fais siffler ta sanglante couleuvre,
Et de son dard qui lance le poison,
Au juge trompeur tu causes le frisson.
Point de trèves par toi aux méchants de la terre,
Ta plume te sert de faux dans ta juste colère ;

Tu n'as point de la contrainte le pénible fardeau,
Et lorsque de ta Némésis allumant les flambeaux,
Tu marches ainsi à la clarté de sa vaste lumière.
Que le fourbe caché rampe dans la poussière,
Ou qu'en ta présence, fuyant de toutes parts,
Il puisse se dérober à tes puissants regards,
N'importe, fussent-ils ensevelis aux profonds abîmes,
Il ne pourra échapper à l'ardeur qui t'anime.
Rien n'arrête tes pas, ta course infatigable
Ne saurait fléchir sous le poids formidable,
De l'immense fardeau que tu tiens dans tes mains.
Nul obstacle ne t'arrête dans ton rude chemin,
Les verroux, les cachots, les plus sombres prisons,
Ne pourraient enchaîner ta foi ni ta raison.
Marche donc en avant, poursuis noble poète,
Ton génie bravera l'orage et la tempête,
Continue ta sublime mission, fier chantre de la foi,
Qui pourra mettre un frein aux élans de ta voix?
Du midi au couchant et du nord à l'aurore,
Les chants à la postérité retentiront encore,
Excuse si mes humbles et faibles chants,
Ont élevé vers toi mes timides accents,
C'est que ravi de ton audace, séduit par ton génie,
Je n'ai pu maîtriser l'excès de ton envie.

AUX FEMMES PUBLIQUES ET PRIVÉES,

C'EST-A-DIRE SECRÈTES.

Ce n'était pas assez que la nature la créa pour le vice,
Il fallait encore employer ta ruse avec tes artifices,
Il fallait pour hâter sa chute et ses faiblesses,
Mettre en mouvement tes infâmes bassesses.
De quel nom te nommer, indigne messagère,
Toi que l'enfer sans doute vomit dans sa colère?
Ne devais-tu pas t'ensevelir dans les malheureux flancs
De celle dont tu puisas la vie avec le sang?

Qui t'a dicté ces conseils, ces avis si perfides ?
Pourquoi à tes enfants as-tu servi de guide,
Si c'était pour les conduire dans des gouffres amers ;
En vouant son corps à la honte, et son âme aux enfers ?
Quel sera le châtiment de la mère coupable,
Qui a vendu sa fille comme une misérable,
Qui pour un peu de l'or et de ces vils lambeaux,
Le fait disputer et servir entre mille rivaux ;
Qui, comme une proie se l'arrachent tour à tour,
Viennent assouvir sur elle leurs ignobles amours ?
Que prétend-elle dans sa vile ambition ?
De partager les salaires de sa prostitution ;
Voilà son but, voilà où son esprit se fonde,
Que Satan et l'enfer la confondent,
Que l'argent qui souillera ses impudiques mains,
Se change en poison pour lui ronger le sein !
Mais qu'importe ces vœux inutiles, impuissants,
Puisqu'elle peut toujours agir inpunément,
Lorsque nulle loi ne peut arrêter ces desseins,
Et que la seule force qui pourrait mettre un frein,
A toutes ces horreurs, à toutes ces licences,
Reste impossible avec sa tolérance,
Et pour comble d'impiété, pour comble de faiblesse,
Reçoit même un tribut de toutes ces bassesses.
Bientôt le torrent débordera ses digues,
A tout les coins, à tous les carrefours ;
On trafiquera ainsi les publiques amours.
Et qui sait si bientôt des enseignes opulentes,
Ne signaleront pas les boudoirs de ces femmes galantes,
Et si en caractère d'or, tracé d'un genre altier,
Ne nous décriront pas clairement leurs ignobles métiers.
Mais c'est assez s'entretenir des publiques ouvrières,
De celles dont les gestes ainsi que les manières,
Laissent voir sans voile leur triste vocation.
Il est temps de parler de celles dont la seule ambition,
Est d'exercer dans l'ombre leur funeste science :
Ainsi que les premières on trouvera la même complaisance.

Faites glisser seulement une pièce un peu forte,
A ce contact, ses mains vous ouvriront la porte ;
Ou bien faites tinter le métal ; à ce son invincible,
Au bruit de ces arguments leurs oreilles sensibles,
Succomberont, ne résisteront pas,
Sans réserve, vous allez posséder, jouir de ces appas.
Autant elles sont prudes à la clarté du jour,
Autant elles vous prodigueront des grimaces d'amour ;
Lorsque dans un boudoir, libres dans leurs licences ;
Elles auront autant, plus de complaisance
Que celles qui en font en public le métier ;
Et puis en sortant de ces lieux avec un ton altier,
Elles auront l'air de ne plus vous connaître,
N'allez pas les saluer car on croirait peut-être,
Que vous prétendez à sa chaste beauté.
Eh ! quoi, de si rares faveurs vous pourriez vous vanter !
Elle, si réservée dont la pudeur candide,
Redoute en vous un séducteur perfide ;
Passez votre chemin imprudent que vous êtes,
Connaissez-vous cette femme qui détourne la tête ?
Vous êtes étranger à ses yeux innocents,
Craignez que son époux, son père, ou même ses enfants,
Viennent châtier votre excès d'insolence ;
On vous prendrait pour un homme en démence.
Les gens qui parlent ainsi sont souvent des voisins,
Ignorant ces mystères ainsi que ces larcins ;
Et ne croient pas que la prude coupable,
Fasse un métier si vil, si misérable.
Chacun fait son ménage, chacun fait son devoir,
L'époux part le matin, ne revient que le soir,
La femme par prétexte va chercher des atours,
Et trame dans l'ombre de perfides amours ;
De la modiste quelquefois marchant vers le coiffeur,
Donnera un rendez-vous à quelque adorateur,
Mais de la halle surtout elle prendra l'infaillible chemin,
C'est là le but général de ses vastes desseins,
Là sans doute un ami ou une confidente fidèle,

De son amant va lui donner doucement de nouvelles,
Ou bien lui assignant du soir le rendez-vous,
Avant l'arrivée de l'importun époux,
Et si par hasard elle diffère de quelques instants,
Quel homme ne serait donc pas assez complaisant,
Pour douter de leurs raisons et de tous leurs prétextes,
Les femmes ont pour les hommes un présent bien funeste,
C'est de posséder toujours la ruse en leurs discours,
A plus forte raison quand il s'agit d'intérêts ou d'amours.
Rien ne peut les saisir, rien ne peut les surprendre;
Et quel mortel assez dur pour ne pas les entendre;
Lorsque l'homme crédule, étranger au soupçon,
Croit son épouse incapable d'aucune trahison;
Il croirait l'offenser s'il en avait le doute,
Son infidélité n'est pas ce qu'il redoute;
Cet homme heureux croit sa femme aujourd'hui,
Inflexible à tout autre que lui;
Et pourtant pour comble de revers, pour comble de détresse,
Si le malheureux savait que la belle déesse,
Vient d'un rendez-vous, sort des bras d'un amant,
Qu'il s'est écoulé hélas! à peine un instant,
Depuis que cette femme, cette épouse chérie,
Vient de se livrer peut-être à une orgie.
Mais détrompez-vous, profond scrutateur,
C'est vous qui forgez ces vices et toutes ces horreurs.
Pour faire croire à ses amis ses coupables desseins,
Il faudrait qu'ils tiennent tous la lumière à la main.
Ne troublez pas l'ordre et la paix du ménage,
D'accuser cette femme auriez-vous le courage?
L'oracle, l'idole de toute la maison,
Cessez vos calomnies et vos sales raisons,
Ou redoutez bientôt notre juste colère,
C'est parce que vous êtes indigne de lui plaire,
Que vous avez murmuré de perfides clameurs.
Homme perfide, impuissant, imposteur,
Quelle rage a germé dans votre âme,
Pour verser l'ombre du doute sur cette brave femme?

Voilà quelle serait la rumeur des fidèles amis,
Ce ne serait pas impunément que vous vous seriez permis
Le doute et même le plus léger soupçon,
Sur sa vertu et son sage renom.
Et cependant, malgré tant de colère et d'incrédulité,
Vous auriez naguère joui de l'austère beauté,
Et peut-être une pièce de la plus mince valeur,
Vous aurez donné droit à toutes ses faveurs.
Eh ! bien, si un jour on vient à savoir,
Que de vous flatter ainsi sans avoir le pouvoir,
On vous blâmera, en disant : imprudent que vous êtes,
Pourquoi vous vantez-vous de ces faveurs secrètes?
Il fallait dans l'ombre, goûter la jouissance,
Et continuer le plaisir ainsi dans le silence.
Mais les imprudents ne sauront pas à leur tour,
Les rançons qu'il vous fallait pour de telles amours,
Que la prude à leurs yeux, coquète avec vous,
Aurait aspiré jusqu'à vos derniers sous,
S'ils avaient connu ses intrigues et son libertinage,
Aurait-il tenu peut-être un tout autre langage,
Car selon moi, toutes les fois qu'une femme exige un salaire,
Qu'elle se vende au jour, ou bien dans le mystère,
N'a pas droit à des égards et à la discrétion,
D'éviter sans crainte toutes les turpitudes,
A plus forte raison celles qui font les prudes.
Allez ne craignez rien, que chacun ici-bas apparaisse,
Selon sa vie, ses œuvres et ses bassesses;
Nul n'a le droit d'imposer le silence.
Vous voudriez exercer en secret la licence,
Quel pouvoir vous aurait affranchi de ce joug,
Votre sort serait trop propice et trop doux,
Vous méritez au moins ce léger châtiment,
Vous qui faites tout pour un peu de l'argent.

A NÉRON.

Ce tyran farouche, ce monstre inhumain,
Que sa mère aurait dû étouffer dans son sein,
Reçut le jour pour le malheur du monde.
Cet insensé, dans sa haine profonde,
Joua avec le sang des malheureux mortels.
Son cœur sanguinaire, insensible et cruel,
Déchira tour à tour le sein de sa patrie,
Poussa à l'excès tout genre de folie.
Quelquefois, tel qu'un histrion, il parut sur la scène,
Et alors, sans contrainte et sans gêne,
Il se donnait en spectacle aux Romains,
Et ce peuple dégénéré souffrait ce baladin,
Sans rougir de ses impudeurs, de ces obscénités.
La corruption ne connaissait plus de borne; dans sa perversité,
Le tyran, du ridicule se lançait dans le crime,
Et osait dicter en riant ses cruelles maximes:
Envoyer à la mort des citoyens sans nombre,
Et faisait des orgies dans le jour et dans l'ombre,
Et puis en gladiateur se transformant soudain,
Descendait dans l'arène pour faire l'assassin;
Après répudiait une épouse pour immoler un frère,
Trempait d'odieuses mains dans le sang de sa mère;
Et pour se dissiper au milieu d'un lugubre festin,
A l'esclave tremblant allait percer le sein;
Et pour comble de folie, pour comble de fureur,
Voulait plonger Rome dans toutes les horreurs.
Mais ce que la postérité aura de la peine à comprendre,
C'est qu'il voulait même réduire Rome en cendres,
Et dans un somptueux repas, au milieu d'un banquet,
Couronner ainsi le plus grand des forfaits,
Et ce festin éclairé à la lueur de la vaste incendie,
Aurait englouti Rome, le peuple et la patrie.
Voilà les projets qui germaient dans cette horrible tête.
Sous un pareil brigand, Rome toujours inquiète;

5

Ne pouvait redouter que les plus noirs attentats
D'un monstre déguisé ainsi en potentat;
On résolut enfin, pour le salut, pour le repos de Rome,
D'exterminer ce fantôme sous l'image d'un homme.

A LEMMENAIS.

Un jour , défenseur des puissants de la terre,
Tu redoutais la vraie , la noble liberté;
Aujourd'hui, en faveur du peuple prolétaire ,
Tu fais entendre d'augustes vérités.

Mais il fallait plus tôt descendre dans l'arène :
Aujourd'hui c'est tarder bien longtemps,
Il fallait y venir, quand pour secouer ses chaînes,
Le peuple combattait sur le pavé sanglant.

Alors c'était beau, à travers la mitraille,
De faire entendre sa courageuse voix,
Quand Paris, vaste champ de bataille,
Luttait pour défendre ses droits.
A quoi servent aujourd'hui de pénibles accents?
L'honneur de la prison est tout ce qu'on attend.

Je sais bien que ta voix redoutable et sonore ,
Avec plaisir on peut l'entendre encore ;
Mais cette voix d'augure , inutile prophète,
Il fallait la lancer au milieu des tempêtes.

Il fallait la lancer, je te dirai toujours,
Quand tout Paris et le peuple , en trois jours ,
Broyait un trône au milieu d'un volcan,
Incertain d'être vaincu ou d'être triomphant.
Quand il luttait contre le feu , le fer et le canon ,
C'était valeureux alors d'aventurer son nom ,
Quand on mettait la vie en jeu au sein de la tourmente,
Alors vraiment c'était sublime et beau,

Quand on risquait que la tête sanglante
  Roula aux pieds de l'échafaud.
Mais cependant l'éclat de ton rare génie
Faira pardonner à ton retardement ;
Car ta bouche, avec ses flots d'harmonie,
Ne saurait importuner celui qui la comprend.

DIEU SEUL EST ÉTERNEL.

Voyez les impies et les rois qui succombent ;
Tout marche, tout roule vers cette vaste tombe,
Peuples, nations, coulez au torrent de la vie,
Vous passerez comme l'eau de la source tarie.
Chaque nation, s'avançant à grand pas,
Pousse et refoule sans cesse les autres au trépas.
Mortels illustres, sages et conquérants,
Tous vous passerez avec la faux du temps.
Et vous souverains dont les satellites sans nombre,
Partout vous suivent comme une ombre,
    Au milieu d'un fastueux chemin,
    En tout lieu, en toute heure,
Au centre des palais, au seuil de vos demeures,
Au milieu des banquets, au milieu des festins,
    Qu'importe ces inutiles gardes,
  Ces piques et tant de hallebardes?

Rien ne peut changer vos destins ;
    Dieu dans sa puissance infinie,
    Joue du sort et de la vie,
      Des faibles humains.

    Qu'on plane sur un trône,
    Quand la foudre tonne,
    Nous sommes tous égaux.
Les chaumières, les palais, le char de la Victoire,
La fortune, les splendeurs de la gloire,
    Descendent au tombeau.

Dieu brise les empires,
Les trônes et les rois,
Et tout ce qui respire obéit à sa voix.

Au bruit de son tonnerre,
Il fait trembler la terre ;
Quand il lui prend envie,
Il déchaîne en furie,
La foudre et tous les éléments ,
  Et d'un signe aussitôt,
  Tout rentre en repos.

Que ne puis-je avec toi au gré des éléments,
Braver la fureur de l'onde et des orages ,
Parcourir toujours sur les flots inconstants,
Sans jamais aborder de rivages.

Nonchalamment assise près de moi,
En flottant sur l'onde amère,
N'entendre avec le son de ta voix,
Que le bruit de la barque légère.

Voir dans tes beaux yeux,
Le charme et la douceur,
Passer sur les flots, sous les cieux,
Ces instants de bonheur.
Là je pourrais dans mon amour,
Dans mon brûlant délire,
M'enivrer chaque jour,
A la source où j'aspire.
Alors sans crainte que tu me fus ravie,
Je pourrais en paix couler mes jours,
Et sans regret passer la vie,
Qu'on passe sans retour.

Saisissons les instants, ô mon unique amie,
Ils s'enfuient sans jamais revenir ;
De ces moments que le ciel nous envie,
En restera-t-il à peine un souvenir.

Le zéphyr qui souffle et le vent qui murmure,
   Tout passe et s'enfuit ;
L'onde qui coule et toute la nature,
Le jour qui succède à la nuit.

Mais pourtant les jours retournent sans-cesse,
La lumière et les astres suivent ainsi le cours,
Les printemps ont toujours leur jeunesse,
   Et les étés leurs beaux jours.

Pourquoi redouter ainsi l'instant fatal ?
Pourquoi de la mort trembler au moindre signal,
Si tôt ou tard il faut que l'homme enfin succombe ?
S'il faut sans retour descendre dans la tombe.
Qu'importe que ce soit aujourd'hui ou demain,
Puisque de tout mortel c'est le commun destin !

Naître, vivre et mourir n'est qu'un songe,
Mortels ce n'est point un mensonge.
La vie passe ici-bas comme une ombre.]
Tâche de ne la point corrompre,
Et pense que l'immense avenir,
Est une éternité qui ne doit point finir.

Si jamais la France, à ses yeux étonnée,
Voyait dans les mains d'un tyran ses hautes destinées,
Et que des ministres, satellites des rois,
Vinssent lui imposer encore de dures lois,
Alors fatiguée d'une vaine clémence,
Elle s'armerait peut-être d'une juste vengeance.

Croire à Dieu , à l'immortalité de l'âme.
La raison et la force peuvent suffire au bonheur.

L'homme doit avoir une volonté. Celui ou celle qui la plus part du temps n'agit que par suggestions, n'a pas de caractère, et n'est pas digne de porter le nom de créature humaine. Il faut se cramponner à ces animaux, dont la flatterie ou la rudesse les fait agir , en se laissant subjuguer par ces funestes influences ; alors ce ne sont que les esclaves d'une vaine adulation ou d'une puérile crainte.

Celui que le seul intérêt fait agir ne peut être que le fléau de l'humanité, puisque son instinct égoïste ne l'excite qu'à son bien-être , sans penser nullement à celui de ses semblables.

Celui qui rampe auprès des puissants de la terre pour obtenir des faveurs , n'est qu'un vil et méprisable esclave, qui dégrade ainsi sa dignité d'homme.

L'ambitieux, sans terme ni mesure, ne peut que nuire à l'intérêt général , puisque son insatiable envie lui fait franchir les bornes de la justice et de la raison en convoitant des biens et des richesses superflues. Que ce soit un conquérant , pour acquérir la fumée d'une vaine gloire ; que ce soit un avare pour amasser de fragiles trésors, ou bien une ignoble concubine se prostituant tour à tour à cent rivaux divers pour se parer d'un luxe qu'elle aura reçu pour prix de ses bassesses, ils sont tous également les fléaux de l'humanité.

La vertu, la sagesse, voilà les vrais trésors.

Il est facile de prêcher de bonnes maximes, mais il est extrêmement difficile de les suivre.

La vériré rarement se fait entendre aux oreilles des rois, des courtisans ne lui faisant entendre que de funestes adulations.

Après tout, Dieu seul est grand,
  Comme dit un prophète ;
Fait souffler les vents, déchaîne les tempêtes,
Fait tonner la foudre qui gronde sur nos têtes,
Commande à l'univers, à tous les éléments,
Et quand il veut tout rentre au néant.

ESSAI D'UNE TRAGÉDIE AU SUJET DE MARIUS.

MARIUS.
SATURNINUS, Créature de Marius.
MURENA ;
SERANUS, } Sénateurs et Patriciens.
LENTULUS,
CANULEÏUS.

ACTE PREMIER. — SCÈNE PREMIÈRE.

MARIUS , SATURNINUS.

MARIUS.

Ces patriciens si orgueilleux , si fiers de leur noblesse,
Sont élevés dans le luxe , au centre des mollesses ,
Ce Métélus aujourd'hui qu'ils vantent tant enfin ,
N'est plus qu'un vieillard dégénéré , dont les débiles mains
Ne sauraient plus soutenir fermement le pouvoir ,
Sans se laisser fléchir , ou se laisser décheoir.
Qu'importent la naissance et les biens de la terre ?
C'est la dure austérité qu'il nous faut à la guerre ,
C'est nous plébéiens , élevés aux rustiques travaux ,
Qui de Rome pouvont soutenir le pénible fardeau.
Métélus, pour conserver le commandement qui lui reste ,
Fait traîner en longueur une guerre funeste ,
En transigeant sans-cesse avec ce Jugurtha.
Il fait couler vainement le sang de ses soldats.

SATURNINUS.

Et peut-être Métélus sur toi aura l'avantage :
La noblesse pour le maintenir , mettra tout en usage ,
Tu connais leurs ressources ainsi que leurs richesses,
Aux tribuns ils jetteront leurs trésors , leurs largesses,
Ils en détacheront quelques lambeaux à dessein ,

A la multitude aveugle, que les appas du gain,
Rendent tour à tour furieuse ou vénale,
Aujourd'hui propice, le lendemain fatale,
Se dévouant toujours à l'intérèt qui l'emporte.

MARIUS.

Eh ! bien, à l'intérèt, j'opposerai mes cohortes,
Les soldats que j'ai laissés dans les champs africains,
Ainsi que moi connaissent mes desseins ;
Si je suis éloigné, si enfiu je reçois cet outrage,
Je m'envole de suite sous les murs de Carthage ;
Et ces braves, connaissant ma valeur et mon nom,
Suivront ma fortune pour venger mon offront.
Eh ! quoi, après nos travaux, après nos longs services,
Nous serions en butte à d'injustes caprices,
Et j'aurai versé le sang dans vingt combats,
Pour rester toujours un malheureux soldat !
Ce serait trop languir dans cette obscurité.
Qu'importe alors ce simulacre, ce nom de liberté,
Si le plébéien reste toujours enseveli dans l'ombre,
Ne sommes nous pas la valeur et le nombre?
Notre crainte seule enhardit leur orgueil,
Des limites injustes osons franchir le seuil,
Et si nous montons aux rangs et au pouvoir,
Ils s'accoutumeront bien par force à nous y voir ;
Comme eux aussi nous prodiguerons des richesses,
Mes soldats, mon parti, connaîtront mes largesses,
Une fois vainqueur, tu peux bien concevoir,
Que je saurai franchir les bornes du pouvoir,
Que ce soit soldat, citoyen ou tout fidèle serviteur,
Partageront ma fortune, ma gloire et mes honneurs,
Puisque la modestie aujourd'hui n'est plus qu'un nom,
Il faut la laisser par force, en faire un abandon ;
Si le luxe et la soif de l'intérèt qui dévore aujourd'hui,
Pour parvenir au pouvoir est donc le seul appui,
Ne soyons pas avares de dons et de promesses,
En faisant espérer des biens et des richesses.

SATURNIUS.

Oui je vais promettre à la foule assemblée par moi,
Le partage des biens comme une immense proie,
La loi agraire, sujet de discordes et de haine,
Irritera les patriciens dont l'ambition souveraine.
Est de posséder seuls tous les biens en partage.
Au peuple rassemblé je tiendrai ce llangage,
Et je dirai que n'étant que ton fidèle serviteur,
Ce sont des projets qui germent dans ta tête.

Qu'il est de son intérêt qu'il élève au pouvoir,
Un sujet sorti de ses rangs, qu'il est de son devoir,
De porter Marius, dont la probité et la rare valeur,
Méritent cette distinction et cet insigne honneur.
Je ne parlerai guère de ta bravoure, de ton audace enfin,
Si connue du monde et du peuple Romain;
Je me dévoue à toi, et jamais plus fidèle interprète,
N'aura ourdi mieux que moi un trame secrète.

MARIUS.

Si ton zèle remplit nos désirs avec nos espérances,
Je te comblerai de biens avec de récompenses,
Dans Rome après moi tu seras le plus puissant,
Lu auras ta large part dans le gouvernement;
Je prétends avec toi supporter le fardeau de l'état,
Je commanderai à l'armée et toi dans le sénat;
Ainsi de Rome nous tiendrons les grandes destinées,
Tu suivras mon sort, ma vie fortunée,
Allons il est temps de tenter les chances et voir si le destin,
Nous rendra ennemis ou maîtres des Romains.

SCÈNE II.

SERRANUS, LENTULUS.

SERRANUS.

Ce farouche plébéien, met tout en mouvement,
Ce Saturninus, sa créature, son facile instrument;
Excite le peuple par de brillantes promesses,
Promet le partage des biens et toutes les richesses,

En flattant son orgueil, il lui fait concevoir,
Qu'il est de son intérêt et de son devoir,
D'élever un des siens, au rang de consulaire,
Que Marius par ses services mérite ce salaire ;
Si Marius occupe ce rang dans la patrie,
Le nom de patricien n'aura plus de magie ;
La plèbe du pouvoir se croira seule l'arbitre,
Et le nom de noblesse ne sera qu'un vain titre.

LENTULUS.

C'est trop tôt s'alarmer sur sa future grandeur,
Sans les tribuns et toutes leurs fureurs,
Marius resterait dans l'ombre et dans l'obscurité,
Ce fier soldat, dans sa rudesse et son austérité,
Ne saurait captiver par son grossier langage.
Pour parvenir, il ne suffit pas d'avoir le seul courage.
Enfin, opposons lui Scylla, dont la jeune valeur,
Fait à Marius, en lui redouter un vainqueur,
Ce patricien si jeune, rempli d'intelligence,
Qui du féroce Jugurtha surprit la vigilance,
De cette époque date leur sombre jalousie,
Marius en éprouva depuis une secrète envie ;
Excitons la querelle de ces fameux rivaux,
Que leur haine finisse une fois au tombeau.

SCÈNE III.

MURRENA, CANULEÏUS.

CANULEIUS.

As-tu entendu, Murrena, ce discours, sa licence,
D'un peuple ébloui flattant les espérances ?
Sous ce déguisement, ils voilent leur perfide ambition,
Il feint servir le peuple, et vante ses passions,
De Marius exhaltant la gloire et la valeur,
A l'entendre on le croirait le seul libérateur,
Et Métélus sans lui n'aurait jamais vaincu ;
Ce brave en vain n'aurait que combattu,
Marius de ces honneurs aurait la récompense,
Et pour mieux combler ces folles espérances,

Il promet à ce peuple, les honneurs, le pouvoir,
Tout ce que l'ambition ne saurait concevoir,
Le partage des biens, l'insigne loi agraire,
Tout ce que à la foule on dirait pour lui plaire;
La multitude crédule s'agite à ce discours,
Murmure sourdement sa haine ou son amour,
Ce tribun factieux, par ses adroits manèges,
Peut faire tomber le peuple dans le piège;
Un soldat parvenu atteindrait ainsi le pouvoir,
Que jamais son audace n'aurait pu concevoir.

MURRENA.

Si le pouvoir tombe enfin dans la classe vulgaire,
Nous serons à la merci des tribuns mercenaires,
On nous proscrira, on nous vendra nos biens;
Nous serons déclarés ennemis ou mauvais citoyens,
Tout ce que l'aveuglement enfantera de rage
Sur les chefs des factions, sera mis en usage,
Et les glaives sanglans, au milieu des cités
Fairont ruisseler le sang, au nom de liberté;
Un peuple furieux, hurlant dans sa colère
Demandera nos têtes pour prix de ces salaires;
Les dissentions, la discorde, la haine, et la vengeance
Fairont surgir l'hideuse anarchie, et toutes les licences;
Plus de sûrété, l'excès du trouble et l'affreuse tourmente
Glaceront les braves citoyens, d'effroi, et dépouvante,
D'indignes délateurs se glisseront dans l'ombre,
Frapperont lâchement des citoyens sans nombre;
La perfidie, la trahison, les plus noires horreurs
Seront récompensées, recevront des honneurs;
On transformera même le vice en probité:
On forgera des chaînes, au nom de liberté,
La justice ne sera qu'un tribunal de sang,
On confondra, tour à tour, le juste et le méchant.
A l'anarchie on vouera une immense hécatombe,
Et des tas de victime descendront dans la tombe,
Je fuirai les lieux, afin que jamais ma présence
Puisse voir de ce peuple les horribles démences.

CANULEIUS.

Ces pressentiments d'un lugubre présage
Ne sauraient enchaîner ma foi ni mon langage,
Je veux dévoiler, même en plein sénat,
Les projets de Marius. et tous ses attentats,
Les brigues, les cabales, et tous les noirs desseins
Que Marius médite, contre le peuple Romain.
Eh quoi serait-il généreux, de quitter la patrie?
Pour la livrer à la merci de toutes les furies,
Nous laisserions sans défense en ces lieux
Nos parents, nos amis. nos pénates, nos dieux.
Non, ce serait trop bien les servir, et leur plaire
Il faudrait fuir devant le peuple mercenaire,
Céder ainsi à nos ennemis, le sol sacré de la patrie
Avec nos biens plutôt. sacrifions la vie.
Ce serait le comble de la bassesse, et de l'indignité ;
Défendons pas à pas, nos biens avec nos propriétés.
Où irais-tu cacher ta honte et notre outrage
Sans que la rougeur, nous monta au visage ?
Irais-tu chez l'étranger, implorant sa pitié
Avec ton infortune lui présenter un front humilié?
De quel œil nous verraient-il ces étrangers jaloux ?
Crois-tu que notre sort serait enfin plus doux,
De vivre errant, proscrit, partout abandonné,
A manger un pain amer, sans cesse condamne ?
Voilà sans doute ce que la lâcheté nous garde.
Eh bien! de ces deux tableaux, choisis et regarde,
Dans ton choix le péril est douteux, la honte véritable,
De s'enfuir, ou d'être chassé, comme un vil misérable,
Sans opposer cette énergie, cette résistance
Qui donne titre à cette bienfaisance
Et qu'on peut recevoir, sans laisser fléchir sa fierté.
Quand on a bravé les obstacles et les adversités,
Quand on recule, en montrant toujours cette valeur,
Quand on succombe enfin sans flétrir son honneur,
Alors à l'indulgence on a un bon prétexte.

Voilà, mon ami, le seul espoir qu'il nous reste ;
Allons préparer des défenseurs à nos justes querelles,
Des partisans courageux seront encore fidèles.

ORPHÉE RAPPELANT EURYDICE AUX ENFERS.

Morçeau Lyrique.

Entends-tu, Eurydice, mes gémissements et mes plaintes?
   Dans ma dure contrainte,
   Je coule des jours remplis d'ennui ;
   Partout le jour comme la nuit,
   Ton portrait vient charmer mon sommeil;
   Mais hélas! mon funeste réveil,
   Vient dissiper le songe.
   O tristesse! inutile mensonge!
O douleur, ô pénible tourment!
Au rivage sombre, un jour, si je descends,
Pourrai-je attendrir les maîtres du Ténare ?
Si à ma voix , insensibles et barbares ,
   Ils repoussent mes vœux et mes prières,
Je ne verrais plus le jour et la lumière.
Que m'importe, sans toi, le fardeau de la vie,
Si ta beauté pour toujours m'est ravie!
Eh quoi! tes attraits, ta jeunesse et tes charmes,
Mes accents, ma douleur, et mes larmes,
N'attendriraient point l'excès de ses rigueurs,
Je veux les toucher par mes chants, et mes pleurs,
Dans la sombre demeure, dans le sombre séjour,
Je veux les attendrir, par une accent d'amour,
Me voici, divinités du lugubre rivage ,
Une chère beauté au printemps de son âge,
Fut ravie à mes tendres amours ,
Je viens la demander, dans le triste séjour,
Eurydice est le nom de la beauté si chère,

Elle languit dans ces lieux funéraires.
Et moi je gémis en proie à la douleur,
Eh quoi mes chants, ma tristesse, et mes pleurs,
Ne pourraient vous toucher, ô Dieu que j'implore !
Rendez-moi par pitié, cet objet que j'adore,
L'existence sans elle, je la supporte en vain,
Si le sort et l'arrêt du destin
Veulent pour toujours, qu'elle me soit ravie,
Arrachez-moi plutôt, le jour avec la vie.
Je ne veux plus respirer dans le triste séjour,
Si je n'emporte pas, l'objet de mes amours.
Que vois-je ! ô ciel ô ! bonheur ineffable!
Eurydice! ô ciel! voilà donc mon oracle!
Viens que je presse encore, sur mon cœur,
Ce sein, où respirent les grâces et la douceur.
O fatalité! ô trop funeste songe!
O douleur! où ce rêve me plonge!
O illusion! ô trompeuse chimère!
Mes yeux, n'ont vu qu'un ombre passagère!
O Dieux, à ma voix insensibles !
Mais non un arrêt formidable et terrible,
M'avait imposé, une dure contrainte.
Eh quoi? par mon envie, et ma funeste crainte,
Téméraire pour la voir, j'ai détourné la vue,
Soudain elle a disparu, dans la sombre étendue;
C'en est fait Eurydice pour toujours m'est ravie,
Je vais couler, seul, isolé, le reste de ma vie,
Ici bas plus de beauté pour moi,
O vous seul vous entendrez ma voix,
Echo des vallons, écho des montagnes,
    Sans amis, sans compagne,
A vous seul, j'adresserai mes tristes souvenirs,
    Eurydice, c'est assez m'en punir,
Quand en tout lieu, en toute heure,
Jusqu'au départ pour l'unique demeure,
Je ne ferai entendre, ô ma tremblante lyre,
Que mes gémissements, et mon triste martyre,

Et ne fini ces chants et mes adversités ,
Qu'une fois rendu, dans cette éternité,
Où j'espère te revoir, pour toujours,
Et couler avec toi, un éternel amour,

C'était vers le seizième siècle que la réforme religieuse, que prêchait Luther, faisait de rapides progrès. L'oppression que les Suzerains fesaient peser sur le peuple, aurait seule suffi pour pousser les esprits à la révolte ; le fanatisme vint lui prêter son sanglant secours, delà ces dissensions terribles qui inondèrent les Etats de l'Allemagne. Les nobles prirent différents partis : les uns restèrent fidèles à Rome, les autres embrassèrent les doctrines du fameux novateur ; il en survint des guerres implacables entr'eux, parmi lesquels j'ai choisi le sujet du drame. Comme le théâtre est suivi généralement de la multitude et par conséquent des gens qui ne s'intéressent guère aux évènements politiques, j'ai dû choisir des évènements plus propres à frapper, à émouvoir ce genre de spectateurs; par conséquent, j'ai choisi les vicissitudes occasionnées par l'ambition et l'amour, genre de passion plus propre à être goûtée par tout le monde. Il me semble que le comédien doit, pour bien jouer son rôle, connaître l'histoire du personnage qu'il représente ; cela me semble enfin indispensable, surtout pour tout acteur tant soit peu intelligent ; c'est pourquoi j'ai dû donner ici une idée de la vie des principaux personnages qui figurent dans cette histoire. Je préviens d'avance, que je

7

ne peux, comme j'ai dit, donner qu'une faible idée de
leurs histoires, car ce serait un ouvrage trop difficile s'il
fallait que chaque auteur dramatique fit précéder l'histoire
de sa pièce; trop heureux s'il peut en donner une teinture,
c'est aux acteurs eux-mêmes d'en faire les recherches;
enfin, venons au fait : George ou le chevalier à la main
de fer et un seigneur ou Wesling, autre chevalier, avaient
passé une partie de son enfance avec lui, où ils s'étaient
élevés, encore si jeunes, avec Marie. Le comte de Bombery
est grand seigneur, en guerre avec Geoffroi, où Wesling fut
pris plus tard de service et fut fait prisonnier, par la suite,
par son ancien ami d'enfance. Pendant qu'il était captif,
il était survenu à la cour de Bombery, la fameuse Adélaïde, favorite du comte.

On verra le rôle que le comte lui fit jouer, pour enga-
ger Wesling à revenir dans la cour et le retenir ensuite
par la séduction de la belle Adélaïde. Il trahira ses premiers serments d'amour, l'hospitalité, l'amitié, l'honneur,
pour rester auprès de celle qui le trahissait à son tour,
pour renouveller ensuite ses coupables liaisons avec son
ancien amant.

On verra, ensuite, de la manière tragique que Wesling
se venge par la mort de son infidèle épouse. J'avais oublié
de faire connaitre que Wesling s'était lié à la belle Adélaïde par les liens du mariage. Wesling avait été traité
d'une manière si généreuse, par Geoffroi, qui lui avait
juré une reconnaissance éternelle et en même temps, s'é-
tant épris de Marie, la sœur de Geoffroi, il lui avait de-
mandé sa main ; cette demande étant accueillie le plus
favorablement, Wesling s'était disposé à partir pour aller
dans ses terres, mettre ordre à ses affaires ; son intention

était ensuite de retourner et terminer le lien qui semblait devoir se conclure sous d'aussi heureux auspices; mais le sort ou la fatalité en avait décidé autrement. Le comte regrettait vainement la perte de Wesling ; il cherchait vainement un moyen pour le rappeler dans la cour, quand un soir, en s'entretenant de cela avec Adelaïde, le bouffon Freytad entra gaîment dans l'appartement du comte ; le bouffon, malgré son apparence frivole, cache beaucoup de sagacité ; c'est lui qui imagina le fameux expédient où Adélaïde joue le premier rôle combiné par le fameux bouffon. Ils savent le chemin que Wesling doit prendre pour aller dans son pays. Ils viennent se poster au milieu d'une forêt où, au moment où Wesling et François doivent passer, ils feignent d'être attaqués par des brigands ; ce sont de ces gens qui tirent quelques coups de feu et s'enfuyent à la hâte. Tout-à-coup, Wesling et François se transportent dans cette direction et trouvent Adélaïde dans le désordre le plus complet et dans un espèce d'évanouissement, ainsi que Freytad à ses pieds, avec quelques serviteurs, lui prodiguant des soins si bien simulés, que Wesling tombe dans le piège et lui offre des soins réels que la belle Adélaïde semble indifférente de recevoir. Enfin, le chevalier en est si soudainement épris, qu'il l'accompagne jusqu'à la cour de Bombery, malgré la vive répugnance qu'il avait témoignée de n'y jamais retourner. Alors, sollicitant la main d'Adélaïde, que celui-ci accorde, ils n'ont plus qu'à demander par convenance l'approbation du comte ; celui-ci en paraît d'autant plus satisfait, qu'il la lui donne avec les plus vives démonstrations. Enfin, l'hymen semble se conclure sous le plus heureux présage, quand bientôt des nuages viennent

obscurcir cet horizon, naguère si serein. Adélaïde semble
languir près de son époux ; celui-ci, attristé de l'ennui de
son épouse, lui en demande les causes ; elle lui répond
que sa gloire lui étant aussi chère que lui-même, elle voit
avec peine qu'il tombe dans une funeste (molesse, et que
le devoir d'un vaillant chevalier n'est pas de rester sans
cesse enfermé auprès de son épouse. Wesling , ne croyant
pas à la perfidie de son épouse., se dispose à partir pour
satisfaire à son amour-propre apparent. Dans quelques
jours, son fidèle serviteur François trouve une lettre qu'il
lui découvre la trahison de l'infidèle épouse. C'est alors
qu'un violent désespoir s'empare de lui et qu'il ne rêve
plus qu'une sombre vengeance , qu'il met en exécution
en frappant son indigne épouse. Le drame finit là ; l'histoire ne faisant rien connaître de plus de ces personnages.

GEOFFROI

ou

LE CHEVALIER A LA MAIN DE FER,

DRAME EN CINQ ACTES ET EN VERS,

PAR

H. BAYOL FILS.

NOMS DES PERSONNAGES.

Le comte de BOMBERY, grand seigneur.

GEOFFROI ou le Chevalier à la main de Fer, sir de Bertingen.

ADALBERT ou Wesling, chevalier au service du comte, et prisonnier du chevalier à la main de fer.

ELISABETH, femme de Geoffroi.

MARIE, sœur de Geoffroi.

ADELAIDE DE VALFORD, favorite du comte.

Un moine.

GEORGE, enfant de Geoffroi.

GEORGE, domestique de Geoffroi.

FREYTAD, bouffon en titre de la cour de Bambery.

FRANCOIS, serviteur de Wesling.

JUSTINE, confidente d'Adélaïde.

METZLER, sectateur de Luther.

TTEWER, MUNCER, leurs compagnons.

Gardes, serviteurs et suite.

La scène se passe en Franconie, province de l'Allemagne.

La scène doit représenter une forêt où Geoffroi se trouve campé avec quelques cavaliers, ainsi que son fidèle George et son fidèle domestique, qui s'appelle George aussi.

GEOFFROI

ou

LE CHEVALIER A LA MAIN DE FER.

———◦———

ACTE PREMIER. — SCÈNE PREMIÈRE.

———

GEOFFROI , GEORGE, JEAN.

GEOFFROI.

J'ai trop dormi, voilà cinq jours d'inutiles desseins,
Sans avoir de l'ennemi aucun signes certains ;
Mes braves tardent longtemps, je ne vois rien paraître.
Si ce maudit chemin, si difficile à connaître ,
Les avait fait égarer au milieu de la nuit.
O Wesling, que tu me causes de peine et d'ennui !
Tu me fais bien languir, mais rappelle-toi
Que si je te remonte un jour une seule fois,
C'en est fait , ce moment doit décider de nos querelles ;
Que ne puis-je me venger d'un ami infidèle!
(Ici le chevalier détache un flacon de son cou et boit.)
L'air est froid ce matin, mais grâce à son ouvrage,
Notre épouse à rempli avec soin, d'un précieux breuvage
Ce flacon , mon corps se détache a ce contact bienfaisant :
Cette liqueur si chère bientôt va ranimer mes sens.
Mais je languis : eh quoi! Geoffrois ne paraît point encore.
Voilà bientôt la clarté du jour ; les rayons de l'aurore
Vont couronner les sommets au loin dans l étendue,
Et pas plus Jean que Geoffroi ne paraissent à ma vue.
Ils sont jeunes ; rien encore n'agite leurs sommeils.
De la vie, ils ne connaissent pas les chagrins, les écueils.
(Ici Geoffroi doit appeller George , qui paraît dans l'armure d'un gendarme , c'est son fils bien entendu.)

SCÈNE II.

GEORGE, GEOFFROI.

GEOFFROI.

Mais que signifie donc ce singulier déguisement!
Mais parbleu ! tu n'es pas mal dans cet accoutrement,
Avance, mais par Dieu il n'a pas mauvaise mine.
Viens donc que je te voie, que je t'examine,

(Il met un soin particulier à le regarder, il continue.)

Tu promets; je cultiverai tes nobles dispositions,
J'aurai de moi au moins un digne rejeton;
Mais pourtant cette armure est encore un peu lourde pour toi.

SCÈNE III.

(Tout-à-coup dans la forêt l'oreille de Geoffroi fut frappée
par les accents de la douleur ; c'était un moine perdu dans
les bois, expirant de fatigue. Geoffroi s'avance dans la forêt
et rentre sur la scène avec le moine.)

GEOFFROI.

Ne parlons plus de ce léger service, ne sommes-nous pas frères,
Pour nous soulager tous ici bas sur cette triste terre.

LE MOINE.

Ce que vous dites, est bien ; mais hélas ! la charité
A fait place à l'indifférence, à l'immoralité.

GEOFFROI.

Enfin puis-je vous demander où allez-vous si matin,
En traversant cette forêt remplie de voleurs, d'assassins?
N'avez-vous pas crainte, tandis que la peur et l'effroi
Repoussent les paisibles voyageurs qui évitent les bois ?
Comment dois je vous appeler mon père ?

LE MOINE.

Je ne suis qu'un humble moine, simple frère,
Qui marche par ordre de nos maîtres, de nos supérieurs.
Je me rends à la cour de Bombery près Monseigneur,
Je m'informai tantôt au plus prochain village,
Du chemin le plus court dans ces endroits sauvages.

La nuit, bientôt plus obscure et plus sombre,
M'a enveloppé, m'a couvert de son ombres.
Soit la lassitude, l'épuisement ou la crainte,
Je me suis égaré dans ce noir labyrinthe;
Je tombais de fatigue et sans votre secours,
J'aurais peut-être péri daus le maudit séjour.

GEOFFROI.

Chers frères, oubliez un instant les peines et les ennuis.
Puissiez-vous vous en arracher [toujours comme aujourd'hui !
Mais à présent que vous avez pris quelques vigueurs,
Un coup de ce vin généreux, cette douce liqueur...

LE MOINE.

Permettez que je ne boive que de l'eau seulement.

GEOFFROI.

Eh quoi! vos vœux s'opposeraient à ce plaisir innocent.

LE MOINE.

Chevalier le vin n'est point interdit à nos vœux,
Mais l'usage me parait quelquefois dangereux,

GEOFFROI.

Je ne vous entends pas!

LE MOINE,

Après un repas somptueux, digne de votre rang,
Quand le feu de cette liqueur a ranimé vos sens,
Quand pour ranimer le seng qui coule dans vos veines,
Ce vin vous a donné la force et dissipé ves peines,
Vous pouvez quelquefois vous livrer à ces jeux si bruyants.
Permis aux soldats au milieu des camps.
Mais des moines, un cloitre livré à cet état
Serait un scandale affreux, serait un attentat !
Chacun doit vivre selon sa vocation,
Et nous, notre doetrine et notre religion,
Nous astreignent à toute sorte d'abstinence.
Et notre vie doit être toute de pénitence.

GEOFFROI.

Enfin, me refuserez-vous de boire une seule fois
A la santé des braves chevaliers qui combattent avec moi?

8

LE MOINE.

De tout mon cœur, j'aime et je porte envie
Aux mortels qui se dévouent au bien de sa patrie ,
Et nul ne déteste plus l'oisiveté que moi;
Mais je respecte les vœux qui sont de bonne foi,
Et pourtant c'est un bien grand malheur
D'avoir un état qui répugne à notre cœur.

GEOFFROI.

Frère, est-ce que n'auriez-vous pas l'état de votre choix?

LE MOINE.

Plût-à-Dieu qu'on ne m'en eût pas preserit les dures lois!
J'aimerais mieux être soldat ou la boureur.
Je languis dans cet état, il répugne à mon cœur.

(*Le moine regarde le chevalier avec une attention particulière.*)

GEOFFROI.

Frère, qu'avez-vous à me regarder si attentivement?

LE MOINE.

J'admire votre armure, cet air si fier et si vaillant.

GEOFFAOI.

Mon armure, quelquefois, est un bien lourd souci
Ét je ne la revêt pas toujours au gré de mes désirs.

LE MOINE.

Et quel est le mortel ici bas assez heureux
Pour agir toujours selon ses désirs et ses vœux?
Et nous tels que nous vivons et tels que nous sommes
D'exister comme étrangers ainsi parmi les hommes,
Croyez-vous que ce ne soit pas une vie un peu dure,
Que ces austerités, ces vœux contre nature,
Ces vœux de pauvreté, cette humble obéissance ,
Tant de dures contraintes et de rudes abstinences?

GEOFFROI.

Cher frère, chassez ces idées et ces sombres humeurs.
Sans amertume, ici bas, il n'est point de bonheur.
Allons, à votre bon voyage, à votre heureux retour;
Chaque état a ses peines, ainsi que ses beaux jours.

LE MOINE.

Oui, je conçois qu'à la guerre on vit diversement ;
Mais dans un cloître, dans un sombre couvent,
Toujours entre des murs, cloué comme un esclave,
Sans cesse accablé de dures , de pénibles entraves.
Une vie où l'on doit toujours bannir la volonté ,
Est-ce vivre quand on a perdu la liberté?

GEOFFROI.

Enfin ne pouvez-vous donc pas oublier ces idées ?
Mon frère, ici bas, chacun doit subir sa destinée.
Pourquoi s'appitoyer sur le sort que le destin nous donne?
Faut-il que le courage ainsi nous abandonne?
Il faut de notre état supporter les peines et les labeurs.
Qu'on soit né sous le casque, soldat ou laboureur,
On doit toujours remplir sa tâche et sa carrière,
Sans jeter ses regards tristement en arrière.

LE MOINE.

Vous semblez philosopher et vous faites la guerre.
C'est vrai, chacun doit avoir un état sur la terre ;
Ainsi je vous quitte et vais achever ma mission ,
Que Dieu vous envoie le bonheur et la bénédiction!!
Je veux prier pour le succès de vos armes,
Puisque de la veuve et de l'orphelin vous tarissez les larmes
Jamais votre image ne s'effacera de mon souvenir ;
Que votre nom soit partout revéré et béni!
Je voudrais le graver dans mon esprit pour toujours.
Puis-je vous demander cette grâce en ce jour?

GEOFFROI.

Mon nom ! je ne puis; je dois le taire.
Recevez mes adieux ; au revoir mon frère!
        (Il lui présente la main gauche pour une poignée de main.)

LE MOINE.

De votre main droite, me croyez-vous indigne, chevalier ?

GEOFFROI.

Je ne le peux, malgré ma plus vive amitié.
Vous seriez un roi, l'empereur en personne,

Que je ne pourrais vous tendre que celle que je vous donne;
Ma main droite sans être tout-à-fait inutile à la guerre,
Reste insensible au serrement : elle est de fer, mon frère.

LE MOINE.

Vous êtes le sire de Berlinger, ce digne chevalier ?
A quel prix pourrais-je acquérir votre noble amitié?
Je remercie le ciel de m'avoir procuré ce bonheur;
D'avoir rencontré des infortunés le puissant protecteur.
(Il baise avec transport la main du chevalier.)
Que j'appuye mes lèvres sur cette généreuse main,
L'Allemagne entière retentira de vos nobles desseins.

SCÈNE IV.

(Deux cavaliers arrivent et parlent bas à l'oreille du chevalier.)

GEOFFROI.

Pour la dernière fois, adieu frère, au revoir !

LE MOINE.

O ciel ! je croirais manquer à mon devoir
Si je ne lui révélais pas l'objet de ma mission.
Chevalier, encore un instant, une seule raison;
Ma mission vous concerne, je la remplirai avec regret.
Hélas! elle renferme un funeste décret !

GEOFFROI.

De quoi s'agit-il ? expliquez-vous ?

LE MOINE.

D'une excommunication lancée contre vous.

GEOFFROI.

N'est-ce que ça? A cheval, enfant, bon courage.

LE MOINE.

Chevalier, ne jouez pas avec certains personnages.

GEOFFROI.

Ont-ils des armées? des légions formidables?
Voilà ce que je trouve quelquefois redoutable.
Nous ne sommes plus aux temps des superstitions
Pour engendrer ainsi de funestes, de tristes dissensions.

Aujourd'hui il faut s'occuper de l'intérêt réel de chacun
Et non des vœux stériles, aujourd'hui mportuns.
Remplissez tranquillement votre sainte mission,
Avec ces futilités on ne saurait plus semer les divisions.
Si j'avais à redouter, ce serait le cri de ma conscience ;
Mais la corruption n'a pas sur moi exercé sa puissance.

SCÈNE V.

LE MOINE ET GEOFFROI.

LE MOINE.

Je suis accablé de douleur, mon enfant,
Ne pourrais-je pas avoir un lit en me couchant?

GEORGES.

De lit? Nous sommes au bivouac, ne le voyez-vous pas.
Mais pourtant la paille ne vous manquera pas.

LE MOINE.

C'est bien. Je ne pensais pas que c'est assez pour moi,
Et sur un lit plus dur, je couche quelquefois.
Quel est ton nom, mon fils, quel est ton âge?

GEORGES.

Mon nom: Georges, et j'ai quinze ans.

LE MOINE.

Ton nom, ta jeunesse sont d'un heureux présage.
Ton patron fût un vaillant guerrier, un fier soldat.

GEORGES.

On me l'a dit, je suivrai si je puis les traces de ses pas ;
J'imiterai autant que je pourrai Monseigneur St-Georges,
Au risque, par Dieu, qu'on me coupe la gorge.

LE MOINE.

(Tire de sa besace un livre de prière, le feuillette et en détache
l'image de St-Georges.)
Tiens, vois-tu, voilà sa ressemblance, voilà son portrait.

GEORGES.

O ciel ! qu'il est beau ; je le garde, il me plaît.
Sur ce beau cheval comme il est fier et vaillant.

Si un jour je pouvais être ainsi, je serai content,
Frère, quel est ce soldat qu'il frappe avec son glaive?

LE MOINE.

C'est Satan, le prince des ténèbres.

GEORGES.

Mon Dieu fais moi grand et vigoureux,
Avec un cheval, des armes, que je serais heureux!
Et viennent ensuite tous les soldats du genre humain,
On verra si je mérite le nom de ce grand saint!

FIN DU PREMIER ACTE.

ACTE DEUXIÈME. — SCÈNE PREMIÈRE.

(La scène doit représenter l'intérieur d'un château. Elisabeth et
Marie doivent se trouver sur la scène et immédiatement un cavalier doit arriver.)

ELISABETH, MARIE, LE CAVALIER,

LE CAVALIER.

Que Dieu vous garde, noble dame, nous avons chassé aujour-
(d'hui.
Et bientôt votre époux va amener ce Wesling avec lui.

ELISABETH.

J'ai langui, vous avez resté fort longtemps.

LE CAVALIER.

Madame, est-on toujours maître des événements?
Nous guétions l'ennemi avec la plus vive impatience,
Quand nous avons appris qu'il avait quitté sa résidence,
Après avoir, à ce qu'on dit, mené joyeuse vie,
Le voilà triste, en proie à la mélancolie.

ELISABETH.

Je vais faire préparer le dîner pour ces braves gens
Ils doivent être fatigués depuis si longtemps;
Vous devez avoir faim, sans doute,

LE CHEVALIER.

Et soif! noble dame....

ELISABETH.

Allons, ma sœur, du bon vin , du meilleur du sellier,
Pour un peu réjouir ces braves chevaliers.

SCENE II.

GEOFFROIS , WESLING.

GEOFFROI.

Soyez encore une fois le bien venu ici, brave chevalier ,
Et oublier que vous êtes avec moi prisonnier.
Dissipez vos chagrins, chassez cette tristesse,
Rappelez-vous avec quelle amitié , avec quelle tendresse,
Mon père vous accueillit un jour dans ce château.
Nous étions jeunes alors ....

　　　　　Nous ne connaissions pas le pénible fardeau
De cette vie remplie de soucis , de misères.
Notre ambition et nos plaisirs faciles à satisfaire,
Ne nous causaient ni chagrins, ni douleurs,
Et nous passions notre jeunesse à travers le bonheur.
Mais n'importe ; approchez-vous de l'âtre, cher Wesling.
Allons de grâce avec moi, dissipez ce chagrin,
La fortune est femme et volage après tout,
Aujourd'hui pour moi , demain pour vous.

(Wesling, accablé par la honte de sa situation et par les pénibles
　souvenirs, ne répondit pas et se promena en silence.)

WESLING

Je voudrais être seul.

GEOFFROIS.

Je me garderais bien de vous livrer ainsi à vous même,
Après tout, pourquoi le chagrin? cette douleur extrême
A de quoi me ravir, a de quoi me surprendre ;
A la guerre, à tout ne doit-on pas s'attendre ? .
Que l'on soit heureux ou malheureux,
Il faut subir en tout cas les chances et les hasards du jeu !
Craindriez-vous quelque procédés qui fut indigne de moi ,
D'un prisonnier ordinaire vous ne subirez pas les lois ,
Vous n'êtes pas dans la cour d'un prince, d'un tyran ;
Ici, nulle peine, ici, nul châtiment.

Allons, bonne augure, bonne espérance,
Et ayez avec moi un peu plus de confiance;
Chevalier adieu chacun à nos affaires,
Et faites comme si vous étiez ici avec un frère.

SCÈNE III.

WESLING, *seul.*

Qui aurait pu prévoir, ô destin ! ô sort infortuné !
Qu'un jour à être ici prisonnier, je serais condamné,
Dans ce séjour où coula ma trop heureuse enfance,
Dans le temps où je goûtai la douce jouissance
De l'âge où tout est plaisir et bonheur,
Où l'ame, livrée à sa seule candeur,
Ne connait point du monde les tristes amertumes
Qui plus tard la rongent et la consument.
Voilà où aboutit la soif de l'intérêt, cet objet si fatal,
Voilà où nous conduit l'appât du perfide métal !
L'honneur sans lui ne semble qu'un vain nom,
La probité, sans lui, languit dans un triste abandon.
Qu'importe la vertu, réduite à l'indigence !
Puisqu'elle a perdu aujourd'hui l'ombre de l'espérance !
Mais, que dis-je? me voilà comblé de soins et d'attention,
Des égards qu'aurait enviés un jour mon ambition.
Qui sait si je pourrai peut-être encor lui plaire?
Mais Wesling, avec l'amour, tu songes à des chimères !
Marie, sans doute m'aura banni de son cœur.
Après m'être vendu à ces ennemis, à ces fiers oppresseurs,
J'ose espérer qu'on me pardonnera l'injuste trahison.
O Wesling ! tu t'abuses et tu perds la raison,
Je ne mérite pas cette faveur et cette insigne grace.
Une pareille perfidie jamais ne s'efface.
Je prends peut-être la bonté pour un peu d'amitié,
Et si ce n'était qu'un déguisement, qu'un reste de pitié,
Si on affectait des égards et de la complaisance,
Pour me forcer à rougir de ma cruelle offense!...
O jours trop heureux, vous êtes passés sans retour,
Où nôtre père commun, avec le même amour,

Nous témoignait l'attachement le plus vrai, le plus tendre !
O jours chers et cruels, qui pourra nous les rendres
Ces instants où, près de la plus tendre amie,
Je coulais les plus heureux jours de ma vie.

(Ici on doit laisser tomber le rideau, afin que Wesling et Marie se trouvent seuls sur la scène, et en proie tous deux à la crainte ; enfin, après un long silence, Wesling adresse la parole à Marie.)

SCÈNE IV.

WESLING ET MARIE.

WESLING.

Qui aurait dit, Marie, que le sort en ces funestes coups,
Me rendrait malheureux, et triste près de vous,
Et comme si j'étais oublié pour jamais,
Vous ne vous rappeliez qu'un jour je vous aimais.

MARIE.

Et qu'avez-vous fait pour me retracer ce souvenir,
Désormais entre nous tout semblait effacé et fini,
Excepté l'inimitié, la guerre et la colère,
Qu'avons nous donc fait pour ainsi vous déplaire ?
Ce n'était point assez de bannir notre amour,
Vous déclarer la guerre jusque dans mon séjour,
Quel sujet vous a excité ainsi contre nous ?
Qu'avons-nous fait pour mériter votre injuste courroux.

WESLING.

Chère Marie, quelquefois sous des fausses apparences
On juge bien mal l'effet des circonstances.
Est-on toujours maître pour agir selon sa volonté !
Ah ! si j'avais pu vous témoigner en toute liberté
Cette vive affection que j'éprouve pour vous;
Ah! croyez ma chère que, malgré moi, loin de vous,
Il a fallu par force garder un funeste silence.
Si un jour je pouvais vous faire l'intime confidence,
Des secrets qui m'ont forcé à cette dure contrainte,
Vous n'auriez plus de sujet, de reproche et de plainte.
Où est le temps heureux où je me disais en moi-même :
Je suis aimé de Marie, enfin, comme je l'aime.

MARIE,

Oui, je vous aimais, chevalier, et de l'aveu de mon père,
Que ne puis-je aujourd'hui vous être encor si chère !

WESLING.

Si tu m'as aimé , Marie, tu peux m'aimer encore :
Je t'aimais, alors ; aujourd'hui je t'adore,
J'en atteste les cieux, et ta foi, et l'honneur,
Rien n'a changé pour toi mon ame, ni mon cœur,
Je n'ai jamais pu effacer de ma pensée et de mes yeux,
De ton portrait vivant l'image précieux.
Rien ne pouvait dissiper les chagrins de mon ame ,
Tourmenté, poursuivi de ma funeste flamme.
Je tremble qu'un jour la fortune cruelle,
Vînt me ravir l'objet d'un ardeur éternelle ;
Puisque je te retrouve éloigne ma terreur,
Dis-moi si je possède quelque droit sur ton cœur;
Un baiser seulement, ô ma tendre Marie !

MARIE, *faisant une feinte résistance.*

Ingrat ! tu te plains lorsque dans ta témérité;
Tu peux cueillir un baiser en toute liberté.
Et quel est l'audacieux qui impunément
Aurait, sans subir soudain le châtiment,
Pressé mes lèvres aussitôt sur les miennes;
Wesling ! ce n'est qu'à toi que ce droit appartient!
Cette faiblesse seule te dévoile mon cœur.
Dans ton amour je fonds mon bonheur ;
Que jamais je puisse me repentir de cette complaisance.
Si un jour funeste, marqué par l'inconstance,
Me faisait regretter ces moments précieux et si chers,
Si jamais je disais l'infidèle Adalbert,
A fuis loin de moi, pour jamais sans retour,
Je maudirais alors ces instants et mon funeste amour ;
Je maudirais jusqu'à la moindre faveur
Et ce funeste penchant qui captive mon cœur.

WESLING

Pourquoi t'alarmer ainsi et former des chimères ?

Toujours tu me seras précieuse et bien chère.
J'en atteste le ciel qui m'entend aujourd'hui :
Que le Dieu que je sers, plutôt m'arrache son appui ;
Comme un rare trésor, je garderai ta vie.
Qu'à moi sans détour ton ame se confie ;
Je ne soupire et veille que pour toi chaque jours.
Que m'importent ces biens si je n'ai ton amour?
Je voudrais posséder les trésors, les sceptres, les couronnes,
Tous les empires, les biens que la terre environne,
Et je ne demanderais alors pour toute recompense,
Que de tes doux regards l'éternelle constance.

MARIE.

Souvent on se berce de trompeuses espérances,
Les illusions s'évanouissent avec la confiance.
Quand le chemin paraît jonché de fleurs,
Quand tout semble permettre le plus parfait bonheur,
Quand l'horison semble pur et parait sans nuage,
Lorsque tout semble annoncer un glorieux présage,
On se livre alors à cet espoir si funeste et si doux ;
Ces noms si chers et d'ami et d'époux,
Que nous proférons quelquefois dans des songes,
S'évanouissent et disparaissent ainsi que des mensonges.

WESLING

Toujours des pressentiments empreints de la tristesse.
Crois-tu qu'aveuglé par une folle ivresse,
Je te promette ici-bas le bonheur sans mélange,
La félicité pure n'est promise qu'aux anges ;
Nous sommes tous mortels, sujets à la douleur,
Nul ici-bas ne saurait jouir du suprême bonheur ;
Mais la sagesse consiste d'alléger le fardeau,
Et de ne pas aggraver d'inévitables maux.

SCÈNE IV.

GEOFFROI, WESLING ET MARIE.

GEOFFROI.

Wesling, mon courrier est de retour avec ton serviteur fidèle,
Il me tarde de savoir bientôt de ses nouvelles.

Adalbert, ta fortune, ton honneur et ton sentiment
Ne doivent pas être de ce seigneur l'impossible instrument.

WESLING.

Je te jure par cette main que je presse avec toi,
Que je désire que notre amitié s'unisse avec la bonne foi.
Qu'entre nous un lien sacré enfin nous unisse !
Plus de vaine amitié et moins d'inutiles caprices.
Que toutes querelles finissent entre nous,
Mon souhait est de devenir l'ami et l'époux
De ta sœur a qui j'ai juré la plus constante foi.

GEOFFROI.

Marie cela te regarde encore plus que moi ;
Eh bien ! oui, soyons amis et frères de bon cœur,
Je donne avec joie le consentement à ma sœur.

WESLING,

Tu m'appartient de l'aveu de ton frère, chère Marie,
Désormais tu seras à moi pour toujours, pour la vie.

SCÈNE V.

WESLING, seul.

Dieu du ciel, devais-je m'attendre dans mes adversités
A ce comble de bonheur et de félicité !
Oui, Geoffroi avait raison, sous des dehors trompeurs,
Je ne serais qu'un esclave auprès ce grand seigneur,
Je mettrais trop de gloire aux applaudissements
De ces adulateurs, fragiles courtisans
Qui assiègent sans cesse et toujours
Les palais des princes et des puissants du jour.
Venant mendier seulement un regard de leur maître
Qui à son gré les faits surgir et disparaître,
Et mon aveugle ambition se borne à ce point
Pour attirer les regards de tant de vils témoins.
Mais je ne connaissais pas de ces lieux la sagesse
Où l'on ne connait pas l'esclave et ses bassesses,
Où l'on respire l'air en toute liberté,
Où l'on parle sans détour avec la vérité.
Je ne veux plus retourner, ni revoir cette cour de Bambery.

C'en est fait pour toujours, je veux briser mes fers ,
Sans ménagements je romprai ces liaisons.
Je suis fatigué d'enchaîner ma vie et ma raison.

(*Ici le chevalier fut interrompu par l'arrivée de François, son serviteur fidèle.*)

SCENE VI.

WESLING, FRANÇOIS.

FRANÇOIS.

Dieu vous garde, monseigneur !
Je vous apporte les vœux de Bambery et de tous ses serviteurs.

WESLING.

Soit le bien venu mon fidèle François,
A la cour de Bambery qu'à-t-on dit de moi?

FRANÇOIS.

On vous plaint ; Vous êtes bien considéré à la cour,
Et chacun fait des vœux pour votre heureux retour.

WESLING.

Et le Comte ?

FRANÇOIS.

A peine avait-on donné la nouvelle à Monseigneur
Qui soupira, gémit, de ce malheur,
Il demande aussitôt si vous n'aviez point souffert;
Votre santé a consolé toute la cour de Bambery.

WESLING.

François, c'en est fait, Bambery ne doit plus me revoir;
D'aller dans cette cour ce n'est plus mon devoir.

FRANÇOIS.

Qu'ai-je entendu ? au moment où le sort le plus brillant
Vous est destiné ; où la plus belle cour vous attend,
Pour récompenser vos pénibles services,
Voudriez-vous abandonner par un funeste caprice
La fortune, ses dons et sa superbe splendeur?
Je ne peux concevoir, monseigneur?
Vous y verrez une femme plus belle que le jour,
Faisant l'honneur, la pompe de la cour.

WESLING.

Est-ce la tout?

FRANÇOIS.

Monseigneur, je me fais moine si en voyant cette mortelle
Votre cœur reste invulnérable et rebelle,
Si en voyant la belle Adelaïde vous êtes indifférent,
Si vous êtes insensible à ses appas, à tous ses agrements,
Alors je vous laisse en pleine liberté
Diriger seul sans contrainte toutes vos volontés;
Mais monseigneur je crois et j'espère
Que ce sera bientôt tout le contraire.

WESLING.

Ah! ah! François est devenu poète!

FRANÇOIS.

Avant de partir, elle m'a dit présente, toi, au chevalier
Mon respect, et ma plus vive amitié.
Qu'il vienne vite, qu'il hâte son retour,
De nouveaux amis l'attendent à la cour;
Je voulais lui répondre, mais ma foi,
En la regardant, il m'a manqué la voix.

WESLING.

Est-elle donc bien belle?

FRANÇOIS.

En la voyant vous m'en donnerez des nouvelles.

WESLING.

C'est inutile, Francois, renonce à cet espoir,
Cette fastueuse cour ne doit plus nous revoir.

FRANÇOIS.

Monseigneur, je n'ai pas voulu croire à certain murmure,
Enfin, est-ce que Marie serait votre future?

WESLING,

Rien n'est plus vrai, c'est mon ferme dessein,
Elle possède mon cœur; et bientôt ma main
Sera le gage d'un éternel amour.
Avant de partir, je me lie avec elle pour toujours.
As-tu vu ces attraits, cet air si remplis de candeur

Où respirent l'innocence, les grâces et la fraîcheur ?
Ce n'est point une femme de ces volages cour
Qui, d'un amant à l'autre voltigent chaque jour,
Courtisannes et constamment coquettes,
Ne cherchent qu'à faire de faciles conquêtes.
Enfin prépare toi pour le prochain voyage ;
Je te laisse seul achever ton ouvrage.

SCÈNE VII.

FRANÇOIS.

Ne plus revoir Bambery ! Monseigneur a perdu la cervelle,
Tant de beauté, une cour si brillante et si belle
Tout serait abandonné et ce cruel sacrifice
Se ferait donc pour un léger caprice ?
Je conviens que Marie à quelques qualités ordinaires ;
Mais, après tout, ce n'est qu'une femme vulgaire.
Trop heureux Wesling, que ne suis-je à ta place,
Si je faisais donner avis de tout ce qui se passe ;
Mais ne serait-ce pas trahir monseigneur
Que de relever ce qui se passe en son cœur.
Que le comte fasse tout ce qui est en son pouvoir
Pour ramener le chevalier ; pour moi, mon devoir,
Est de laisser aller les évènements selon les circonstances,
Sans troubler ni charger ma conscience.

FIN DU SECOND ACTE.

ACTE TROISIÈME.

(*Le son aigre de la trompette de la vedette annonce que trois
étrangers se présentent aux portes de la forteresse.— La scène
se passe dans les appartements d'un château qu'elle doit représenter.*

GEOFFROI et WESLING doivent se trouver sur la scène ; les étrangers sont introduits.

METZLER, SIEWER, INUNGER.

METZLER.

Noble sire, depuis longtemps nous formons des vœux

Pour voir et parler , au sontien, à l'appui des malheureux;
Nous venons implorer votre main puissante et généreuse,
Nous sommes envoyés par la classe malheureuse ;
Nous apportons les vœux de cent mille, comme nous,
Prêts à marcher sur vos traces et combattre avec vous,
Nous réclamons nos droits et notre indépendance,
Depuis longtemps bercés d'une vaine espérance ,
Nous avons résolu de mettre un terme à d'inutiles prières
Et de finir s'il le faut la vie ou nos misères.

GEOFFROI.

Je n'ai jamais tiré l'épée que pour l'équité la justice ,
Si votre cause est juste , je vous serais propice.

METZLER.

Ce que nous disons en votre présence, seigneur,
Nous le ferions entendre auprès de l Empereur;
Nous sommes fatigués de voir encore avec patience
D'un côté le faste , de l'autre une injuste indigence ;
Il est temps de mettre un frein à ces dépravations.
Eh quoi ! d'un côté les richesses, de l'autre les haillons !
Des citoyens sans nombres réduits au lourd servage,
Prêts à rentrer dans l'indigne esclavage;
Des grands seigneurs étalent tour-à-tour,
D'un front arrogant leurs trop pompeuses cours,
Et on dit que l'état reclame encore des rançons,
Et pour comble d'ironie et de la trahison ,
On veut que le peuple, réduit à l'excès de misère,
Vienne à ce gouffre dévorant apporter ses salaires.
Eh quoi ? faut-il que le peuple soit sans cesse victime
Et vienne de ses sueurs combler d'impurs abîmes.
Lui arrachera-t-on toujours son sang et les labeurs;
Sera-t-on toujours iusensible aux cris de la douleur ;
Enfin, le peuple se lassera peut être d'implorer à genoux,
Il veut rompre les entraves et secouer le joug.

GEOFFROI.

Quelles sont vos forces, nos ressources possibles ?

METZLER.

Le droit et la raison, rend les hommes invincib'es,

GEOFFROI.

Puis-je vous demander quelles sont vos prétentions ,
Puisque vous accordez la confiance à ma juste ambition ?

METZLER.

Que les grands, si petits auprès de Dieu ,
Ne prétendent plus à des droits injustes, odieux.
La nation à l'avenir se choisira ses mandataires
Et paiera avec équité justement leurs salaires.
On abolira un indigne servage,
Digne des temps d'un injuste esclavage;
La chasse et la pêche seront en pleine liberté,
Suivant les lois et la juste équité.
Les forêts seront des propriétés communes
Et non le patrimoine d'opulentes fortunes.

GEOFFROI.

C'est une atteinte à la propriété, à la justice;
Je ne saurais soutenir de tels sentiments et un pareil caprice :
Cela tendrait à l'anarchie, à la désunion ,
C'est inutile, avec de pareilles prétentions],
Je renonce, je ne peut défendre votre cause ,
A toute injustice ma loyauté s'oppose !

METZLER.

Les impôts seront payés indistinctement par chaque citoyen,
Selon sa fortune, bien entendu, et les biens.
Le clergé ainsi que la noblesse entière ;
Payeront de ces tribus les justes salaires.
Sire de Berlingem, nous n'insisterons pas plus avec vous ;
Voulez-vous marcher ou non avec nous?

GEOFFROI.

Je demande encore quelques jours de réflexions
Et bientôt je vous ferai connaître l'effet de mes résolutions.

METZLER.

Adieu Seigneur !

10

GEOFFROI.

Adieu brave citoyen !

SCÈNE II.

(Les étrangers prirent congé du Sire de Berlingem. Il rejoignit triste et pensif Wesling qui n'avait pris aucune part à la conversation.

GEOEFROI , WESLING.

GEOFFROI.

Ils m'ont ému vraiment dans leurs adieux !
Pour qu'on lui rende justice je formerais des vœux ;
Mais moi même aussi je ne dois pas oublier
Que je suis aussi à mon tour excommunié.

WESLING.

Mais en es-tu bien sûr ? Ce serait un grand malheur !

GEOFFROI.

Je le sais dans toute la rigueur
Du porteur lui-même, d'un moine perdu dans ces bois,
Qui aurait peut-être perdu la vie sans moi,
Pour braver les rigueurs de l'anathème ;
Sommes nous assez mûrs contre le stratagème ?
J'ai en toi la confiance, et forme l'espérance,
Que tu ne m'abandonneras pas en cette circonstance.

WESLING.

Ton cœur, ta vertu constamment inflexible,
Supportera cette épreuve bien qu'elle soit pénible ;
Adieu, je vais partir , et hâter promptement mon voyage.
Compte sur ma parole, je t'en donne le gage ,

(Il lui tend la main, que Geoffroi presse vivement).

SCÈNE III.

Le comte de Bambery , Adélaïde, François. Au lever du rideau. le comte doit être avec Adélaïde et François qui arrive immédiatement et remet une lettre au comte , qui, après l'avoir lue paraît surpris et dit:)

L'imbécille ! se laisser prendre aux appas d'une femme !
Se laisser captiver d'une vulgaire flamme !

ADÉLAIDE.

Comte, la comparaison pour vous n'a rien de flatteur,
Mais elle vous est échappée dans un moment d'humeur ;
Mais de quoi s'agit-il de si intéressant ?

LE COMTE.

Du chevalier Wesling qui nous quitte impunément.

ADÉLAIDE.

Impossible, ce sont des propos de serviteurs,
Il sait que je suis à la cour de Monseigneur.

LE COMTE.

Elle a fait un sigulier effet votre nouvelle !
A la sœur de Geoffroi il reste encore plus fidèle.

ADÉLAIDE.

Il mériterait que j'apprisse cette nouvelle sans émotion ;
Mais quand il me verra, alors nous verrons.

LE COMTE.

Oui, vous avez raison, ce serait un grand coupable
D'être insensible et froid à vos appas redoutables.
Mais écoutez : quel est le bruit que j'entends...
Ah ! c'est Freytad, de la cour le bouffon amusant.

ADÉLAIDE.

Sous l'apparence d'un fou quelquefois le sage se déguise,
Et sous sa feinte folie dit des choses requises.

SCENE IV.

LE COMTE ET ADÉLAIDE.

*Freytad entre avec une espèce de guitare et chante. Le comte et
Adélaïde jouent aux dames.*

FREYTAD, *en chantant.*

Bon jeu, bonne chance
Entre la beauté ainsi que la puissance.

ADÉLAIDE.

Veux-tu me troubler aux coups que je prépare,
Voyons, si toujours tu auras des idées bizarres :

Wesling a déserté du service, de la cour de Monseigneur,
Il s'est laissé prendre, captiver par un jeune cœur.
Il nous quitte, nous laisse, peut-être pour toujours
Et nous sommes embarrassés pour obtenir son retour.

FREYTAD.

Je saurai bien le faire revenir, le rappeler moi-même ;
Mais il me faudrait pour cela user d'un stratagème
Dont vous seriez le principal et l'unique instrument ;
Enfin, vous seriez l'hameçon au piège que je tends.

ADELAIDE.

Moi, je ne suis pour rien dans leurs querelles.

FREYTAD.

Et pourtant vous êtes l'unique objet pour ramener l'infidèle.

ADELAIDE.

Allons, franchement, comment faut-il que j'agisse ?

FREYTAD.

Avec de la prudence, avec de l'artifice ;
Dans ma jeunesse j'ai sifflé dans les appaux,
Pour faire tomber dans mes filets les oiseaux.

IE COMTE.

Eh bien ! choisis le meilleur cheval avec soin
Et prend une escorte si tu en as besoin ;
Je n'ai qu'une crainte, malgré qu'il revienne ici,
Je redoute qu'il ne veuille bientôt repartir.

FREYTAD.

J'en suis sûr, il le voudra sans doute ;
Si vous voulez m'entendre, moi qui vous écoute.
Je vous donnerais un conseil pour qu'il ne retourne pas.

ADELAIDE.

Que veux-tu dire ?

FREYTAD.

Vous ne pouvez vous dispenser, il faut suivre mes pas.

ADELAIDE.

Mais y penses-tu bien ?

FREYTAD.

Je vous le répète, sans vous je ne peux rien.

ADELAIDE.

Mais quels sont tes desseins, cependant?

FREYTAD.

Je vous les dirais en chemin faisant.

ADELAIDE.

Dois-je enfin écouter ces aimables fous?

FREYTAD.

Madame, cela vous regarde après tout.

LE COMTE.

Wesling m'est d'un prix bien extraordinaire,
Freytad n'est pas un de ces intrigants ordinaires
Qui s'aventurent vainement dans des trames.

ADELAIDE.

Enfin la curiosité l'emporte, je suis femme.
Freytad je suis à tes ordres, je m'abandonne à toi.

FREYTAD.

Madame, vous êtes la glu et l'appeau à la fois,
Allons piper l'oiseau en cage.
Avec vos appas j'en ait l'heureux présage.

ADELAIDE.

Et moi raffraichir ma parure, fait-je bien?

FREYTAD.

Vous êtes femme... ce droit vous appartient.

SCÈNE IV.

La scène doit représenter une vaste forêt où des deux côtés opposés se trouvent Wesling s'entretenant avec François. On entend des coups de feu, on se dirige du côté du bruit, et l'on trouve au pied d'un arbre Adélaide couchée, évanouie et Freytat est à ses côtés pour la secourir. — Je dois prévenir les acteurs que c'est Freytad qui a inventé cette intrigue, sachant que Wesling devait passer par là, ils feignirent d'être attaqués par des voleurs, et Adélaide affecte un effroi qu'elle n'éprouve pas, pour mieux jouer son rôle, elle dévoile des appas dans une espèce de désordre et d'abandon dont on ne saurait pardonner que dans une telle circonstance. Je dois prévenir les acteurs que les coups de feu ne se doivent faire entendre qu'à la fin de la scène.

FRANÇOIS.

Monseigneur de Bambery, voilà le chemin.

WESLING,

Là dessus, je te dis quel est mon dessein.

FRANÇOIS.

Ainsi vous renoncez à voir la belle comtesse,
Le type de la beauté et de la politesse?

WESLING.

Toujours cette comtesse, en serais-tu épris, François!

FRANÇOIS.

Si un serviteur pouvait porter si haut son choix.

(La conversation fut interrompue par des coups de feu).

WESLING.

Qu'entend-je!... ces coups de feu répétés au lointain?..

FRANÇOIS.

Cette forêt est souvent remplie de voleurs, d'assassins ;
Allons voir....

(Its se transportent rapidement du côté opposé où ils trouvent Adélaide avec Freytad au pied d'un arbre).

SCÈNE V.

WESLING, FRANÇOIS, FREYTAD ET ADÉLAIDE.

FRANÇOIS.

Grand Dieu ! cette femme mourante est la comtesse.

FREYTAD, *affectant le ton le plus triste.*

Elle est morte, peut-être, pour comble de détresse.

WESLING.

Morte ! j'espère que non...

(Le chevalier sort un flacon et le fait respirer à la belle Adélaide).

Quelle est la cause de cet accident, cher Freytad ?

FREYTAD.

Noble chevalier , le ciel a dirigé nos pas ,
Par des raisons que j'ignore elle a voulu quitter la cour;
On lui annonçait votre arrivée et votre heureux retour ;
Enfin, dans ce bois nous avons été attaqués par des brigands,
Que poursuivent encore peut-être nos gens.

WESLING,

Revenez à vous , belle comtesse , et je vous l'assure
De ne pas vous abandonner dans cette conjecture.

(*Dans cette espèce de comédie, Adélaide combina tous ses mou-
vements faire paraître tous les charmes qu'elle possédait, affectant un trouble assez bien dissimulé pour paraître sortir
d'un long évanouissemeut*).

ADELAIDE.

Où suis-je ! ô ciel ! quelle frayeur !

WESLING.

Dans les bras de votre libérateur.

(*Adélaide jette an regard languissant sur le chevalier*).

Revenez à vous , madame , et ne dédaignez pas mes soins;
François et moi , nous vous conduiront au besoin.

ADELAIDE.

Je le fuyais, et tu as voulu, grand Dieu !
Que je le rencontre dans cet état, en ces lieux ;

(*L'adroite comtesse prononce ces paroles afin qu'elle soient
entendues*).

WESLING.

Qu'ai-je donc fait pour vous exciter à ces éloignements ?
Si mon retour peut vous causer quelques désagréments ;
Je retourne sur mes pas ; mais le seul regret qui me reste,
C'est de vous laisser, madame, dans cet état funeste.

ADELAIDE.

Je craindrais , chevalier , d'abuser de votre complaisance.

WESLING.

Avec moi daignez avoir un peu plus de confiance,
Et ne repoussez pas ainsi de si légers services ;

Je voudrais que nos soins vous fussent un peu propice,
Allez, ne craignez rien, madame, c'est du fond de mon cœur.
A votre gré disposez de moi et de mon serviteur.

FREYTAD,

Noble dame l'heure presse.
Puisque ce généreux chevalier à notre sort s'intéresse,
Daignez nous dire quel chemin devons-nous prendre.
Afin qu'avant la nuit à quel gîte on puisse descendre.

ADÉLAIDE , affectant une voix défaillante.

A Bambery.

WESLING, avec émotion.

A Bambery

FREYTAD.

Ma foi, elle a raison, c'est l'endroit le plus voisin ;
Et je ne connais nul autre chemin
Pour nous conduire avant la nuit à quelque endroit,
Si Monseigneur ne peut venir, qu'il nous laisse François,
Nous avons des dangers à courir ; mais n'importe,
Accellerons le pas avec notre faible escorte.

FRANÇOIS.

Monseigneur a juré de ne pas quitter la comtesse,
En galant chevalier il a trop de noblesse,
Pour manquer à sa parole, surtout avec les dames ;
Allons chevalier, un peu d'effort à votre ame.

WESLING.

Allons à Bambery , tu as raison , cher François ,
Je l'ai juré , je ne manquerai pas à ma foi.

FIN DU TROISIÈME ACTE.

ACTE QUATRIÈME.

SCÈNE I.

ADELAIDE, JUSTINE.

(La scène représente un cabinet de toilette, Adélaide paraît en proie à la tristesse).

JUSTINE.

Vous êtes pâle et souffrante, ma chère maîtresse.
Hélas! pourquoi ces inutiles tristesses?

ADELAIDE.

Je ne l'aime point assez pour être son épouse;
Mais du bonheur de Marie je suis enfin jalouse.

JUSTINE.

Êtes-vous sûre qu'il partira ainsi indifférent,
Je crois que vos attraits le rendront inconstant.

ADELAIDE.

Je sais qu'il m'aime, mais d'un tiède amour,
Trop faible pour le retenir dans ce séjour.
Ce sera un amour passager et frivole:
C'est ce qui envers lui m'indigne et me désole.

JUSTINE.

Croyez-moi, Madame, il vous aime plus que vous ne croyez,
Vous le verrez bientôt soumis et humble à vos pieds.
Si j'ose croire mon peu d'intelligence,
C'est la crainte qui cause peut-être son silence,
Car j'ai vu de ses yeux les signes bien certains;
Ils dévoraient de vos regards les charmes souverains.

SCÈNE II.

(Un valet annonce à ces instants François.)

ADELAIDE, JUSTINE.

ADELAIDE.

As-tu remarqué de cet écuyer la figure si belle?
Ah! que la fortune est souvent bien cruelle!
Funeste avantage des honneurs, des richesses,
Je ne peux dissimuler, pour lui, mon cœur s'intéresse.

SCÈNE III.

ADELAIDE ET JUSTINE.

(François s'avance timidement , il paraît profondément ému).

FRANÇOIS , *(à part.)*

O Dieu'! qu'elle est ravissante et belle'!

ADELAIDE.

Du chevalier venez-vous nous donner des nouvelles ?

FRANÇOIS.

Madame, le chevalier avant de partir réclame l'avantage
De pouvoir un instant vous présenter ses hommages.

ADELAIDE.

Vous partez donc et nous quittez sans retour ?

FRANÇOIS.

Plût à Dieu que nous puissions prolonger ce séjour ,
Je ne suis qu'un pauvre vassal , un simple serviteur ;
Si je ne peux prétendre au rare, au précieux bonheur
De posséder des attraits , des charmes si brillants ,
Qui pourrait me ravir l'avantage d'en admirer les agréments ?

ADELAIDE.

François, le sort est souvent bien funeste et barbare ,
Quand deux cœurs pourraient s'aimer , le destin les sépare :
Enfin, allez dire au chevalier que je l'attends.

FRANÇOIS.

Madame, je vais me rendre à vos ordres à l'instant.

SCÈNE IV.

ADELAIDE , JUSTINE.

ADELAIDE.

Quel excellent cœur ! mais j'entends du bruit ,
C'est le chevalier , laisse-moi seule avec lui.

SCÈNE V.

ADELAIDE, LE CHEVALIER.

WESLING.

Est-il donc vrai que vous soyez encore malade, chère comtesse,
Je ne sais quel charme à vous m'attache et m'intéresse.

ADELAIDE.

Que vous importe, puisque vous nous quittez tout à l'heure,
Que vous importe qne je vive ou je meure !

WESLING.

Ah! que c'est mal juger, Madame, mes secrets sentiments ;
Croyez-cous que je sois, comme vous, froid et indifférent.
Ah ! si vous pouviez lire dans le fond de mon cœur!

ADELAIDE.

J'y rencontrerais peut-être une vaine froideur.

WESLING.

Vous rencontreriez une passion, une funeste flamme,
Qui dévore à chaque instant mon cœur avec mon ame ;
Que ne puis-je dévoiler à vos yeux incertains
De vos appas sur moi le pouvoir souverain!
Vous plaindriez peut-être l'excès de mes douleurs.
Mais peut-être insensible au sujet de mes malheurs,
Un autre, sans doute, en cet instant, occupe vos esprits,
Et insensible à l'amour qui me conduit ici,
Vous rêvez au mortel heureux et fortuné,
Et moi, à l'oubli sans doute je serai destiné.
Si tel est du sort la volonté suprême,
Si tandis qu'à l'excès je vous adore et vous aime,
Un autre mortel de votre ame est vainqueur,
Arrachez-moi du doute qui fait souffrir mon cœur,
Et ne me laissez pas gémir et soupirer plus longtemps,
Pour accroître mon amour et doubler mes tourments.

ADELAIDE.

Vous parlez en amant passionné, et malgré ce délire,
Vous cherchez à braver mes vœux et mon empire.

WESLING.

Je sens qu'à chaque instant, tourmenté tour à tour,
Tantôt par la reconnaissance et tantôt par l'amour,
Mon ame en butte à mille échos divers
Gémit, se débat en vain dans ses funestes fers.

ADELAIDE.

Enfin vous venez pourtant me faire vos adieux!

WESLING.

Madame, c'est un devoir pour moi pénible, impérieux.
Que ne puis-je rester ici sans tacher mon honneur,
Et avoir quelque accès au fond de votre cœur !

ADELAIDE.

Puisque la crainte l'emporte, allez, suivez vos sentiments ;
A vos idées je m'opposerais sans doute vainement.

SCÈNE VI.

(François entre en ces instants.)

FRANÇOIS.

Monseigneur, tout est prêt pour notre prochain départ.

WESLING, *après un moment d'hésitation :*

C'en est fait, François, aujourd'hui c'est trop tard.

FRANÇOIS.

Dieu soit loué !

*(La comtesse, par un sourire que ne peut apercevoir Wesling,
témoigne à François toute sa satisfaction).*

SCÈNE VII.

WESLING, ADELAIDE.

WESLING.

O chère Adélaide, vous obtenez un triomphe certain,
Près de vous je suis sans pouvoir, je n'ai plus de dessein.
Pour cette Marie, objet de mes premiers amours,
Vos charmes, vos attraits m'ont vaincu pour toujours,
Je trahis mes serments, la fidélité, jusqu'à l'honneur.
O ciel ! quel empire vous exercez sur mon trop faible cœur !
J'avais juré à ses pieds la plus constante fidélité ;
Mais de vos charmes je ne connaissais pas encore la beauté.
Je tombe à vos genoux et je suis votre esclave,
Pour vous, il n'est rien que je n'affronte et ne brave ;
Que m'importent l'honneur, la gloire et les chimères,
Mon ambition est de vous adorer ainsi que de vous plaire,
Tout le reste n'est à mes yeux que des hochets trompeurs
Qui ne sauraient donner le véritable, le précieux bonheur,
De posséder comme vous des trésors si rares, si divers.

Je préfère vos charmes aux biens de l'univers.
Commandez, ordonnez, sur moi vous êtes souveraine ;
Disposez de mes jours, je les livre sans peine,
Pourvu qu'un de vos regards en soit la récompense,
J'emporterai au moins cette douce espérance.
Souffrez seulement qu'un baiser sur cette main chérie
Apaise les tourments prêts à flétrir ma vie.
C'est peu de tant de sacrifices et de tant de faiblesse,
Pourvu qu'à ma vie la vôtre s'intéresse,
J'abandonne tout et ne regrette rien,
Suffit, que votre cœur réponde enfin au mien.

ADELAIDE

Levez-vous, cher Wesling, allons voir monseigneur,
Allons lui dévoiler les secrets de nos cœurs.

SCÈNE VIII.

GEOFFROI, GEORGES, le Serviteur.

GEORGES.

C'en est fait, le sire de Wesling est un traître aujourd'hui,
Un ignoble amour à la cour de Bambery l'a conduit.

GEOFFROI.

Impossible, cher Georges, on t'abuse peut-être.

GEORGES.

Je vous jure sur ma foi, mon cher maître,
Que c'est la pure vérité : par mon zèle et mes soins,
Je viens de son imposture être le vrai témoin.
A l'aide de certaine ruse et d'un déguisement,
Je me suis dans la cour de Bambery glissé furtivement :
Là, j'ai vu toute la pompe et la cérémonie.
Wesling semblait en proie à la mélancolie,
Et son épouse, quoique belle à ses côtés,
Semblait indifférente à la solennité.

GEOFFROI.

C'est assez, Georges, ne prononce plus le nom de Wesling,
C'est un lâche, un fourbe, sans foi et sans dessein :
Allons, préparons-nous pour venger cet outrage,
Hâtons-nous sans tarder davantage,
Va mettre en ordre nos armes et nos chevaux,
Il est temps de sortir le glaive du fourreau.

SCÈNE VIII.

*La scène doit représenter un appartement où Wesling avec
son épouse se trouvent assis près du foyer et livrés à l'ennui et
au dégoût.*

ADELAIDE.

Vous devez trouver en moi mauvaise compagnie,
Voyez-vous, c'est que cette oisiveté déjà me contrarie.

WESLING.

Ah ! je vous entends , madame, vous êtes fatiguée de moi,
Déja vous avez du regret d'avoir fait un pareil choix.
O amitié de femme , perfide et trompeuse douceur,
Malheureux qui sur toi ose fonder son bonheur !

ADELAIDE.

Déclamez contre les femmes, il vous sied bien,
Vous qui tour à tour changez presque pour rien,
Vous imposez aux femmes par un brillant trompeur,
Vous étalez le faste sous de fausses couleurs,
Et la femme crédule, succombant sous le piége,
Se trouve la victime de vos adroits manéges.

WESLING.

Vos raisons, madame, deviennent piquantes et amères,
Cessez, je vous prie, le langage de la colère.

ADELAIDE.

Chevalier, ce n'est point de la colère : à votre réputation,
J'avais éprouvé pour vous une noble ambition.
Le bruit de votre bravoure, tant de jeux pompeux,
Jusqu'à votre chùte, dont le sort malheureux
Vous fit tomber dans les mains de nos adversaires,
Sans vous connaître je cherchais à vous plaire ;
Je vous vis en passaut, et je formai le dessein
De vous livrer et mon cœur et ma main.
Mais vous le dirai-je ? à peine je fus votre épouse,
Que de votre gloire je fus encore plus jalouse,
J'éprouvai d'abord de crainte et de tristesse
En vous voyant tomber ainsi dans la mollesse,

Au lieu de trouver un brave, un vaillant chevalier,
Je ne vis qu'un esclave chaque jour à mes pieds.
Et venir gémir, soupirer dans un modeste boudoir.
Je ne croyais pas que d'un chevalier ce fut le seul devoir.
Je m'affligeai sans doute, et j'ai dû aujourd'hui
Vous conter mes peines et mes ennuis.

WESLING.

Je conçois, il faut que je m'éloigne de vous,
Pour vous satisfaire, il faut vous affranchir d'un importun
époux.

Vous serez bientôt libre sans gêne et sans contrainte,
Et je n'entendrai plus vos soupirs ni vos plaintes.
Adieu, Madame. je pars et vais combler vos souhaits,
Ainsi vos vœux et vos désirs seront bientôt satisfaits.

SCÈNE IX.

WESLING. seul.

Voilà où m'a conduit l'amour ou plutôt la folie,
Pour une volage, j'ai abandonné une fidèle amie.
Irai je à présent me révolter contre la providence,
Parce que ma raison est tombée en démence,
Parce que à l'aspect de ce miroir trompeur,
J'ai laissé succomber, fléchir mon faible cœur.
O femme volage, sous ta feinte tristesse,
Tu caches sans doute la ruse avec l'adresse.

ACTE CINQUIÈME.

SCÈNE I.

WESLING, FRANÇOIS.

FRANÇOIS.

Seigneur, tantôt en traversant le grand chemin,
Ce chiffon de papier est tombé sous ma main.

WESLING, *parlant bas.*

C'est l'écriture d'Adélaïde François laisse-moi seul.

WESLING, *lit la lettre.*

«Monseigneur, je suis libre et délivrée de l'importun chevalier.
«Je n'ai plus un époux fatigant qui soupire à mes pieds ;
« Demain je vous attends et surtout sans témoin ,
« Je veux vous confier un secret avec soin.

Adieu, ADÉLAÏDE.»

Le voilà donc découvert ce mystère infernal,
Monseigneur le protecteur est l'infâme rival.
O honte éternelle! ô insigne et lâche trahison!
Elle a surpris, l'ingrate, mes esprits ainsi que ma raison.
O vengeance! ô injure sanglante et trop grossière !
Voilà cette comtesse si hautaine et si fière,
Ce cœur de boue et pétri dans la fange ,
Qui exige les honneurs et même les louanges.
C'en est fait, voilà où m'a conduit mon injuste ambition,
J'ai bien mérité cette rigueur et cette punition ,
J'ai voulu les honneurs, j'ai tombé dans la boue.
Faut-il qu'à ce point le sort de moi se joue!
Faut-il donc constamment que la fortune adverse,
Dans mes projets sans cesse me traverse!
O cet excès d'outrage va combler ma misère!
Moi dont jadis l'honneur était si cher,
Voir ainsi la honte empreinte sur mon front,
Et sans-cesse redouter de terribles affronts !
Ah ! je ne pourrai supporter cet excès de bassesse :
C'est un vice et non un moment de faiblesse,
Rien ne saurait corriger le cœur empoisonné.
O vie malheureuse ! ô sort cruel, infortuné!
Plus de doute, la trahison est claire et manifeste,
La vengeance, voilà le seul espoir qui me reste.
Voici François, dois je lui cacher ou non mes desseins ,
C'est un enfant pourtant que j'ai élevé de mes mains,
Il ne trahira pas mes secrets : c'est un fidèle serviteur,
C'est le seul qui puisse adoucir mes malheurs.

SCÈNE II.

WESLING, FRANÇOIS.

WESLING.

Si un secret d'où dépend l'honneur était confié à tes soins,
Si d'un grand dévouement enfin j'avais besoin,
Aurais-tu le courage d'affronter, au péril de ta vie ?
Ce qu'aujourd'hui il faut que je te confie.

FRANÇOIS.

Disposez de moi, ainsi que de vous même;
Il n'est pas de péril et de danger extrême
Que je n'affronte, pour servir, pour plaire à monseigneur :
Ordonnez tout sans détour à votre fidèle serviteur.

WESLING.

Un outrage sanglant vient d'atteindre mon âme :
Ce billet tombé sous ta main, était de la coupable femme
Que tu croyais vertueuse en la voyant si belle,
Je ne doute plus aujourd'hui qu'elle soit infidèle.

FRANÇOIS.

Etes-vous bien certain qu'elle soit coupable?

WESLING.

Si tu doutes encor du malheur qui m'accable.
Va, fais dévoiler à tes yeux aveuglés, incertains,
De ce mystérieux billet les coupables desseins ;
Reviens bientôt, ne tarde pas longtemps,
Et surtout choisis un discret confident.

SCÈNE III.

WESLING, seul.

C'en est fait, François va bientôt connaître mon outrage,
Il faut que je lui livre mes secrets sans partage,
Le sang seul doit laver ces injures;
De vaines plaintes, d'inutiles murmures,
Ne sauraient adoucir les chagrins de mon cœur,
La vengeance seule peut mettre un terme à nos douleurs.
Le voici.

SCÈNE IV.

FRANÇOIS.

Seigneur, de cet excès d'injure je reste confondu.

WESLING.

Ne perdons plus de temps à des mots superflus ;
Il s'agit de décider de la préférence entre elle avec moi.

FRANÇOIS.

Seigneur, vous m'outragez en me dictant ce choix,
Fidèle même, j'aurais choisi mon maître,
Je ne serais plus votre serviteur et indigne de l'être

WESLING.

Ça suffit, François. Après un moment de réflexion,
Je ne peux trop penser avec quel art, avec quelle puissance,
Elle exerça sur moi sa cruelle influence :
Ces attraits, ces charmes toujours vainqueurs,
Enchaînèrent à ses pieds mon âme avec mon cœur.
Je ne sais quel empire elle exerça sur moi,
Ses regards, ses gestes, les accens de sa voix,
Tout fléchit mon orgueil, ma fierté,
A son aspect j'étais toujours dompté,
Je maudissais ma faiblesse et ses charmes,
Je ne pouvais résister à ses puissantes armes.
Elle était fière comme un maître auprès de son esclave,
Et je me débattais en vain dans ces dures entraves,
Et pourtant malgré ses chaines et son joug rigoureux,
Quelquefois, le croirais tu, je me croyais heureux.
L'espoir, en pénétrant dans mon cœur,
Me fit goûter auprès d'elle d'ineffables douceurs,
A force de soupirs, à force de prières,
Je désarmais quelquefois cette humeur si altière,
Qui plus tard me la fit aimer sans retour,
Tu conçus toi même l'excès de mon amour.
Tu connais notre histoire, et sans parler davantage,
Tu peux mesurer le comble de l'outrage.
Tu connais le prix de tous mes sacrifices,
Je ne parlerai point de ces légers services

Que tu partageas seul avec moi,
Où je la vis, hélas! pour la première fois.
O souvenir pénible et funeste à mon cœur,
Pour embrasser la honte, j'abandonne l'honneur,
La vertu, la fidélité. la sincère amitié !
Et aujourd'hui mon sort est digne de pitié.
Enfin, laisse-moi seul en repos un instant.

SCÈNE V.

WESLING.

Que faut il faire pour guérir mes tourmens ?
La vengeance est le seul, l'unique remède à mes maux.
La honte est un trop lourd fardeau.
Comment supporter la honte qui vous tue,
Tant de regards insolens sans détourner la vue !
Il est temps de combler, de finir mes malheurs,
De mettre un terme aux affronts, aux douleurs !
Le fer ou le feu finiront ma carrière,
Mais auparavant de me ravir le jour et la lumière,
Il faut qu'avant moi l'infidèle succombe,
Il faut qu'avant moi elle soit dans la tombe,
Je veux punir son orgueil, son aveugle fierté,
Je veux soudain l'arracher de sa prospérité,
Cent fois je veux frapper son impudique sein.
Elle verra briller ce fer dans mes terribles mains.
Elle s'est jouée de mes tourmens, de mes peines,
Elle connaîtra ma vengeance et ma haine.
Après que m'importe, quelque soit mon destin,
Je suis content si je venge l'injure de mes mains,
C'est assez des secrets que j'ai confiés à son zèle,
Je ne dois pas compromettre ce serviteur fidèle.

SCÈNE VI.

WESLING, FRANÇOIS.

FRANÇOIS.

Je suis inquiet de vous laisser seul, en proie à la douleur,
Seigneur, écoutez les faibles conseils d'un humble serviteur :
A quoi sert d'inutiles chagrins, et la mélancolie?

L'honneur d'un homme dépend-il d'une femme avilie?
Et si une femme infidèle se livre à la licence,
Faut-il pour cela que l'homme perde enfin l'espérance?
Laissez donc pour la foule ces préjugés vulgaires,
Pardonnez d'un serviteur le langage sincère,
Ce n'est que l'attachement qui me dicte ce pénible discours,
Oubliez à la fois la haine avec l'amour.

WESLING.

Cher François, ta bonté me touche et m'intéresse,
Excuse de mon cœur ces moments de faiblesse.
Je voudrais bannir pour toujours loin de moi,
L'image de l'infidèle qui a trahi ma foi.
Mais c'est en vain, partout son portrait me poursuit,
Son bonheur surtout irrite mes ennuis,
Sa fortune enfin cause tous mes tourmens,
Sa richesse qu'elle partage avec l'indigne amant,
Tous ces sujets augmentent mes douleurs,
Sa prospérité, son orgueil redoublent mon malheur,
Il n'est qu'un remède pour finir mes chagrins,
C'est de l'immoler, de lui percer le sein.

FRANÇOIS.

O seigneur, de grâce dissipez ces projets si funestes!

WESLING.

Non François, le désespoir est tout ce qui me reste.
Je suis résolu, rien ne m'attache à la vie,
Je regrette seulement ton amitié chérie.
Tu sais que je fus plutôt ton ami que ton maître,
Pour moi ton dévouement se fit toujours connaître;
Depuis ton enfance tu me fus toujours lié.
J'exige aujourd'hui de ton attachement, de ta tendre amitié,
Que tu gardes le secret, le plus profond silence.
Je t'ai livré sans réserve toute ma confiance,
Il est temps aujourd'hui que tu me fasses connaître.
Que tu n'étais pas indigne de l'amitié d'un maître.

FRANÇOIS.

Que faut-il faire pour vous prouver tout mon dévouement?

WESLING.

Le seul secret, de toi, est tout ce que j'attends.

FRANÇOIS.

Eh ! bien, je le jure sur la foi de l'honneur.

WESLING.

Adieu François, je me fie à ton cœur.

(*François doit sortir, et Wesling rester s ul.*)

SCÈNE VII.

WESLING.

Eh ! bien, voici le moment de décid r mon destin.
Il est temps d'armer mes implacables mains ;
Allons guetter, allons flairer notre proie,
Elle se promène chaque jour à l'ombre de ces bois.
Partons sans tarder davantage,
Crainte de laisser refroidir mon courage.

SCÈNE ou TABLEAU VIII.

*La scène doit représenter une forêt au moment du crépuscule ou
à la chûte du jour. Wesling seul, blotti derrière un arbre,
est immobile et dans un morne silence. Adélaïde arrive lentement, avec un livre à la main; au moment où elle passe près de
cet arbre, Wesling doit la saisir par le bras sans la lâcher d'un
instant. Elle fait une exclamation, et la surprise et l'effroi lui
paralysent les mouvemens; Wesling commence alors ses invec-
tives.*

WESLING.

Enfin, je te tiens épouse de Satan,
Cesse tes cris ou tu meurs à l'instant.
N'as-tu pas assez joui de mes douleurs amères,
Il serait temps que tu reçoives le prix de tes salaires ?

ADELAIDE.

Grâce, grâce ! excuse mon erreur.

WESLING.

Etais-tu insensible aux cris de mes douleurs,
Quand tu me dépeignais comme un vil mercenaire,

J'étais à tes yeux un esclave indigne de te plaire ;
Tiens regarde cet écrit, et démens si tu veux,
La noire imposture de tes indignes aveux.
Le hasard a voulu que, découvrant tes desseins,
Ton exécrable papier tomba dans de fidèles mains.
Ecoute, l'honneur m'est plus cher que la vie,
Je ne peux supporter pour toi la honte et l'infamie,
Tant que le doute flotte dans mes faibles esprits,
Je ne me croyais pas en butte à d'injustes mépris.
Quelquefois j'avais espoir que la jalouse envie,
Etait la seule cause de tant de tant de calomnie ;
Je gémissais pourtant dans un triste silence,
Tant que je conservais un reste d'espérance.
Mais aujourd'hui que ma honte et l'outrage est certain,
En silence et dans l'ombre je gémirais en vain,
L'opprobre de ta vie jaillirait sur mon front,
Et je serais trop en butte à d'ignobles affronts.
Ainsi tu conçois que la vie est un fardeau trop lourd,
Quand on a perdu l'honneur et même pour toujours,
Il est temps alors d'en faire un cruel sacrifice,
Je ne veux pas avec toi user de ruse et d'artifice,
Je viens te dévoiler dans toute sa clarté,
De ces derniers instants l'auguste vérité.
Il est temps de se préparer, voici la dernière heure,
Quand on a tant joui, il est temps que l'on meure.

Au moment où Wesling tire le poignard, Adélaïde fait une grande exclamation en criant : au secours ! à l'assassin !

WESLING.

C'en est fait ce poignard échappe de mes mains.

Il frappe, et Adélaïde tombe expirante. La toile doit tomber desuite.

FIN.

www.ingramcontent.com/pod-product-compliance
Lightning Source LLC
Chambersburg PA
CBHW071123260626

47162CB00006B/2437